RENE JUSVEL

ACTUALITE IMAGINAIRE

Tome 2

Auto-Edition

ISBN : 978-2-9566648-2-6

Préambule

Voilà le tome 2 d'Actualité Imaginaire. A nouveau, dans ce livre sont regroupées 200 nouvelles « brèves » parues, au fil du temps (du 04/06/2012 au 22/07/2019) sur mon blog « Actualité Imaginaire ».

Comme précédemment, il ne s'agit pas d'un roman, ni de nouvelle(s), de poésie, ni d'un écrit documentaire ou épistolaire.

Cela reprend le principe de nouvelles brèves que l'on trouve dans les périodiques papier, notamment magazines.

Donc pas d'articles de fond.

Une idée par brève, simplement évoquée, sans développement mais concentrée, significative.

C'est aussi un peu le format des posts sur Facebook, des textos, tweets,... bref, des écrits courts, faciles à lire rapidement, dans n'importe quel ordre ; traduction, en style littéraire, de la tendance actuelle.

Avec un côté imaginaire, voire prédictif.

Mais c'est aussi et surtout l'expression d'un monde presque imaginaire... décrit par petites touches, comme un puzzle...

Point d'histoire, de personnage (si ce n'est son auteur).

En fait, le seul personnage est René Jusvel, une sorte de journaliste, qui reçoit ces informations d'un monde parallèle et les publie dans notre monde.

Laissons-lui maintenant la place...

Introduction

Vous trouverez ici de nouvelles brèves que j'ai rédigées ces derniers temps pour le magazine « Notre Monde » mais dont vous n'avez peut-être pas eu connaissance à cause du décalage temporel. Elles sont au nombre de 200, dans l'ordre chronologique de leur rédaction, et selon 5 domaines : Sciences, Technologie, Société, Economie, Politique, reprenant les rubriques de la revue.

Nos deux mondes semblent proches et je ne comprends pas d'ailleurs comment nous pouvons être tellement semblables, pouvoir ici communiquer, et pourtant…

Bref, je suis donc obligé d'écrire que « Toute ressemblance avec des personnages ou faits réels ne serait que pure coïncidence ». Allez, on dira que vous trouverez ici les échos d'un monde imaginaire, peut-être pas si éloigné du vôtre !?

Cela vous changera des nouvelles de votre quotidien, quoique…

Bonne lecture et évadez-vous un peu…

Je vous donne RV pour la suite prochainement, notamment sur mon blog :

http://actualite-imaginaire.over-blog.com/ et sur ma page Facebook : https://www.facebook.com/rene.jusvel

RENE JUSVEL

POLITIQUE – EUROPE

Voir plus grand

Depuis qu'il a été institué une présidence européenne unique, peu à peu, les candidats potentiels se bousculent au portillon.

En fait, ce devient presqu'une mode – ou tout au moins une tendance - : les anciens présidents ou 1ers Ministres (pour les pays où le 1er Ministre est, de fait, le personnage essentiel de l'Etat) montrent leur intérêt pour cette fonction.

Cela avait plus ou moins commencé avec le président français Valéry Giscard D'Estaing – mais qui n'y arriva pas quoique personnage essentiel pour la rédaction de la Constitution Européenne – puis Herman Achille Van Rompuy, ex 1er Ministre belge, et cela continue maintenant, entre divers "ex" : ancienne chancelière allemande, ancien président français, ancien 1er ministre espagnol ou président du Conseil italien, avec, chacun, des chances très diverses...

Une fois avoir goûté au sommet de l'Etat, c'est le seul avenir plus grand encore qui s'offre à tous ces politiciens. Ils en rêvent, et pas pour un mandat de 6 mois mais pour du 5 à 10 ans…

Bon, mais après ? Le Secrétariat Général de l'ONU ?

04/06/2012

POLITIQUE – FRANCE

Législatives : les règles changent ?

Evidemment, chaque fois qu'il y a des règles mises en place pour éviter la fraude ou les dérives, elles sont fatalement détournées. Ainsi, pour éviter le financement occulte des partis politiques, ceux-ci sont maintenant financés à hauteur du nombre de voix obtenues aux élections législatives. Quelle aubaine alors que de créer un parti simplement pour la manne financière de l'Etat qui s'en suit !

Ainsi on a vu apparaître une multitude de petits partis et des quantités de candidats aux Législatives.

Comment mettre fin à cette dérive ?

La solution est proposée par le député Jacques-Antoine Dubreuil : à la manière de l'élection présidentielle, obliger à un parrainage signé de 3 élus (ce peut être des Conseillers municipaux) de la circonscription qui attestent par écrit être encartés au parti politique du candidat. Rien n'empêcherait à quiconque d'être candidat mais le financement ultérieur serait lié à ces conditions.

Dans cette optique, le Parti sans laisser d'Adresse cher à Pierre Dac a peu de chance de s'enrichir...

06/06/2012

POLITIQUE – EUROPE

L'Europe religieuse fait des siennes

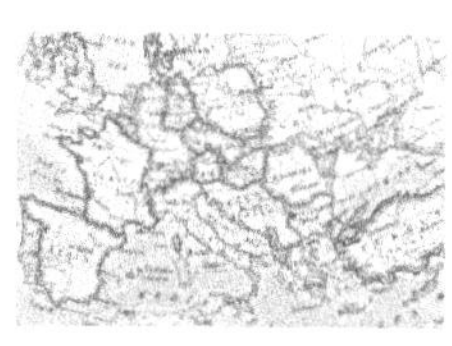

Etonnant cette influence – non dite – religieuse sur la politique, ou plutôt cette influence « culturelle » (déjà signalé dans les articles sur la tectonique humaine (MONDE : Renaissance de la géopolitique une tectonique humaine et MONDE : Le retour des blocs) : suite aux crises successives, l'Europe va, avec cette fois-ci un accord de tous, vers un fédéralisme de plusieurs Europes :

- celle du Nord-Ouest (Allemagne, Scandinavie, Grande Bretagne...),
- celle du Sud et Nord-Est (Irlande, Portugal, Espagne, France, Italie,...)
- et celle du Sud-Est (ex pays de l'Est, Grèce,...).

Et, si on observe bien, ce nouveau découpage coïncide presque avec celui des 3 religions dominantes : Protestants, Catholiques, Orthodoxes... !? Les pays protestants correspondant, grosso modo aux pays « vertueux », les catholiques à ceux qui sont en difficulté économiquement, et les orthodoxes qui « décrochent » et auraient tendance à s'éloigner...

Bon, ce n'est qu'une simple constatation, une hypothèse : on ne va pas en faire une religion !!!

08/06/2012

TECHNOLOGIE – MEDIA

Enfin pouvoir regarder la télé couché !

Et oui, vous en voyez des « supports plafond » pour téléviseur : c'est maintenant relativement courant, il s'agit d'un support qui, au lieu d'être fixé au mur, est fixé au plafond, souvent pour des questions de solidité du mur, ou pour les angles de la pièce...

Bon, avant, la télé, on la posait sur un meuble, généralement d'ailleurs un meuble télé... Mais on pouvait aussi, surtout depuis les écrans plats, les accrocher au mur, soit un peu comme un tableau, soit avec un support amovible, orientable.

Mais voici que Vogel's annonce, lors du salon IFA à Berlin, le lancement d'un nouveau produit dans sa série 6000 très réputée, une fixation plafond pour un écran qui serait placé horizontalement, vraiment contre le plafond.

Bref, pour regarder la télévision couché ! Donc normalement au-dessus de la tête de lit. D'ailleurs le but avoué de ce produit est véritablement de permettre de regarder la télé bien confortablement installé sous la couette.

Cool !... Bon, heureusement qu'on a inventé la télécommande avant et que le lecteur de DVD peut se poser sur la table de nuit et est en liaison wifi avec l'écran.

13/06/2012

SCIENCES – PSYCHOLOGIE

Réalité de l'imaginaire

On pourrait penser à une antinomie. C'est le titre du dernier roman d'Auguste Lenoir, écrivain que vous ne connaissez sans doute pas et pourtant, là, son roman fait du bruit...

En effet, au travers d'une aventure plutôt classique, cette histoire repose sur un étrange principe : celui où l'imaginaire aurait une certaine réalité, un monde parallèle en quelque sorte, et le simple fait de penser une situation correspondrait donc une véritable autre réalité. Ce thème a parfois déjà été évoqué mais pas avec autant de finesse, sans creuser plus que ça le sujet.

A en arriver à se poser la question si « l'apparition » de ce rêve éveillé n'était pas la perception fugace d'une autre réalité parallèle ou si, par la pensée, l'homme ne créait pas aussi la réalité... Peut-être un peu comme si la réalité n'était qu'un rêve.

Etrange donc. Et, mieux (c'est pour cela d'ailleurs que ce roman fait actuellement le buzz), l'Institut des Hautes Etudes pour la Sciences et la Technologie a repris les bases de ce roman pour une étude sérieuse sur la liaison imaginaire et réalité.

Non mais : ils sont en train de piquer une des idées qui sou tend Actualité Imaginaire !?

18/06/2012

SCIENCES – ASTROPHYSIQUE

L'univers bulle tout le temps – I

La lumière accélèrerait… ?

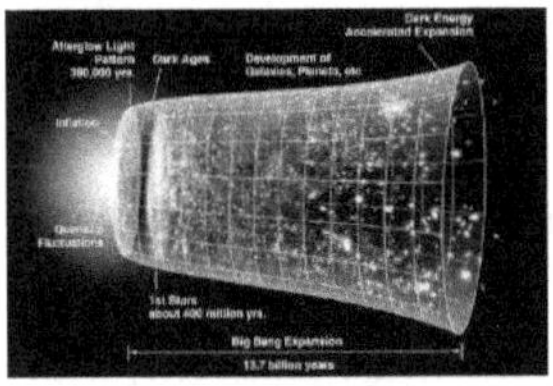

Etonnant cette nouvelle mise en doute du principe établi par Einstein comme quoi il existait UNE CONSTANTE, celle de la vitesse de la lumière.

Et oui, c'est la dernière hypothèse émise par le professeur Steven Weinberg à l'université Harvard : la vitesse de la lumière augmenterait... au fur et à mesure du temps !!!???

Conséquence ? A l'instant T = 0, à la création de l'univers, du début du fameux Big Bang, la vitesse de la lumière serait quasi nulle ! Et la naissance de notre univers ne daterait pas de 13,7 milliards d'années (dans l'hypothèse d'une vitesse de la lumière constante) mais serait repoussée à l'infini...

Et cette date butoir, ainsi que l'évaluation de la vitesse d'éloignement des astres en fonction de leurs distances permettrait de définir l'accélération de la lumière.

Bon, là, ça nécessite un peu plus d'explication… que je vous donne dans l'article suivant.

02/07/2012 (1)

SCIENCES – ASTROPHYSIQUE

L'univers bulle tout le temps – II avec l'expansion de l'univers ?

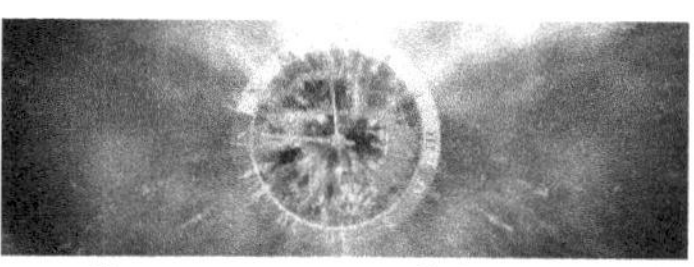

Pour mieux comprendre, imaginez que notre univers soit la surface d'une sphère qui gonflerait au cours du temps, sauf que cette sphère aurait 4 dimensions dont le rayon est le temps et la surface, notre espace classique, d'où l'extension : et oui, le temps passe !... On comprend alors mieux la notion d'accélération de l'expansion de l'univers : sur la surface de cette bulle qui grossit, l'éloignement de 2 points s'accélère. Cf. loi de Hubble. Cela signifie, par contre, que la lumière mettait autant de temps, peu après le Big Bang, pour parcourir la faible distance entre 2 points, que de nos jours où cette distance est devenue très grande du simple fait de l'expansion de l'univers. Mieux : la présence de matière modifierait cette vitesse de la lumière – bon, ça on le savait – mais dans le sens où la matière représenterait des lieux où la vitesse d'expansion de l'univers n'est pas la même. Le temps prenant du retard…

Ainsi, l'univers est statique, d'une certaine manière, si l'on tient compte que c'est la vitesse de la lumière qui « varie » : Einstein, serait content !

02/07/2012

SOCIETE – NUTRITION

Le stévia au régime

Nous en avions déjà parlé ici : l'usage du stévia commence à supplanter le sucre et, en tout cas, l'aspartam qui a acquis mauvaise presse depuis les doutes concernant une tendance cancérigène. Et surtout depuis qu'une variante mise sur le marché atténue considérablement son petit goût très particulier et pas trop apprécié des consommateurs.

Bref, voilà maintenant que fait fureur le « régime stévia » !

Qu'est-ce ? Oh, c'est bien simple : on part du principe que le sucre est responsable de la fixation des aliments, et notamment aussi de l'eau, dans l'organisme. Donc, si on élimine le sucre, alors... Bref, chaque fois qu'il y a sucre, alors on remplace par la stévia ! Bon, vous rajouter le fait de devoir perdre 1kg par mois et ce jusqu'à revenir au poids physiologiquement idéal. Si vous ne respectez pas la courbe de baisse de poids, alors vous sautez le déjeuner. Evidemment, point d'excès, de grignotage entre les repas, d'heures sur le canapé à regarder la télé ou pendu au téléphone, et une activité normale, des repas normaux. C'est tout bête, simple, facile à mettre en œuvre, pas trop contraignant et efficace !

Les autres régimes ne font pas le poids, c'est clair !

22/07/2012

ECONOMIE – TRANSPORTS

Une idée qui fait son chemin

Les autoroutes gratuites, un doux rêve ? C'est vrai qu'actuellement, lors d'un déplacement long, il y en a pour quasi aussi cher entre carburant (diesel) et péage autoroutier.

Pourtant les choses semblent évoluer, sous pression gouvernementale : un accord se dessine entre Sociétés d'autoroutes et l'Etat. Il s'agirait de remplacer la contribution des automobilistes par des recettes publicitaires suite à la pose de panneaux publicitaires le long des axes autoroutiers.

Le principe viserait à une montée en puissance : tout bénéfice publicitaire entrainerait une baisse des tarifs autoroutiers correspondante en espérant ainsi, à moyen terme, aboutir à une gratuité totale.

Evidemment, ça râle un peu côté environnemental car l'accumulation de panneaux de grandes tailles n'est pas du meilleur effet.

En cas de gratuité totale, cela aurait un autre avantage fort intéressant : plus de files d'attente aux gares de péage !

Hé, qui sait si, un jour, nous devrons à nouveau faire la queue pour, cette fois-ci, être payés pour prendre l'autoroute !?

26/07/2012

SCIENCES – PHYSIQUE

Un Prix Nobel pour rien

C'est ce que l'on pourrait penser concernant l'attribution du dernier Prix Nobel de Physique. En effet, aucune véritable découverte ainsi couronnée. Mais alors de quoi s'agit-il ? Quel apport à la Physique ?

En fait, les deniers travaux ainsi reconnus du professeur Willaume tiennent en la description du cadre dans lequel devrait désormais s'inscrire toute théorie Physique. Il est vrai que ces derniers temps, on assistait plus à l'élaboration de sparadraps théoriques pour répondre aux diverses inadéquations constatées au vu des dernières grandes théories : Gravitation, électromagnétisme, Relativité Générale, Mécanique Quantique... D'où une complexification sans nom,... Il postule que les choses doivent être simples, unifiées, et la Physique, interprétation langagière de notre monde : les mathématiques, elles-mêmes issues des mesures et de l'observation / interprétation du monde. Ainsi les Constantes Physiques ne seraient que les passerelles permettant de passer d'une grandeur – avec son unité de mesure – à une autre. Pas 10 dimensions mais 4 seulement, pas 4 forces mais une seule, pas des quantités de particules élémentaires mais une seule,... Le monde serait basé sur quelques principes simples.

Elémentaire, mon cher Willaume !

31/07/2012

SCIENCES – PHYSIQUE

Une nouvelle interprétation de l'anomalie Pioneer

Il avait été observé une anomalie concernant les trajectoires des sondes Pioneer 10 et 11 notamment. Suite à cela, plusieurs interprétations furent fournies mais aucune de vraiment convaincante. La solution viendrait peut-être, encore une fois, de l'Institut de Physique de Berlin : l'explication serait la simple confirmation de la nouvelle théorie du champ unitaire développée par cet Institut (voir articles, ici, « De l'atome aux anneaux de Saturne », et surtout « Vers une nouvelle conception du champ unitaire »). Le champ gravitationnel, d'une part ne répondrait pas exactement à la Loi de Newton qui n'est qu'une approximation, d'autre part, même sur longues distances, les satellites auraient tendance à se rapprocher de zones stables. Nous commençons enfin à voir se dégager – et se confirmer – une nouvelle vision du monde, une théorie enfin cohérente, aussi bien à l'échelle atomique que, ici, cosmique, basée sur cet élément de base appelé quantum pour l'Institut de Berlin, mais que l'on pourrait peut-être aussi nommer boson de Higgs, corde fermée, monade, brunos, globus ou même forceton, élémtron.

Damned, ça y est, nous aurions enfin cette fameuse Théorie du Champ Unitaire ?!...

09/08/2012

SCIENCES – PHYSIQUE

Où on entend reparler de l'éther…

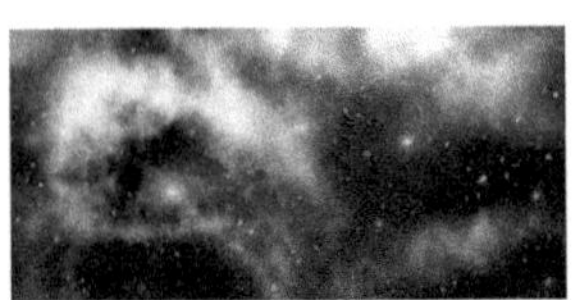

Vieille notion déjà que celle de l'éther : pensez, elle date d'Aristote ! Mais reprise par Descartes. Même Newton admettait son existence ! Puis Huygens, Maxwell, Fresnel,... En fait, il s'agit du vide, tout simplement. Mais ce vide – notre espace – s'avère être une membrane à 3 dimensions, dont la tension dépend de la 4ème : le temps ! Cette notion, rejetée ces derniers temps, notamment depuis La Relativité (quoique Einstein l'avait recréée à sa manière), revient sur le devant de la scène. C'est vrai que, à la manière du son, cela colle mieux avec la notion de vitesse de la lumière dans le vide : les ondes lumineuses sont alors la manifestation du « mouvement » de cet éther. Et cela explique aussi l'action à distance des diverses forces. Mais ce sont surtout les récentes hypothèses d'énergie noire, qui a amené l'Université de Cambridge à donner y plus d'importance. En fait, il s'agit plus d'une interprétation qui s'avère tout à fait compatible avec la théorie de la Relativité dans laquelle la contradiction liée à la gestion des corps dans ce fluide disparaît dès que l'on considère que toute particule EST l'éther lui-même, déformé. Et l'éther a donc une « masse », correspond à l'énergie noire !...

Ne m'en demandez pas plus... Disons que la nature a horreur du vide...

13/08/2012

POLITIQUE – TELEVISION

La nouvelle émission « Et c'est parti ! » n'a pas fait recette

Et oui, déception dans la grille de programmes de M6 : la nouvelle émission « Et c'est parti ! » n'a pas eu l'audience escomptée.

L'idée de départ était pourtant séduisante : à la manière de « Cauchemar en cuisine », il s'agissait de faire intervenir – gratuitement – un coach à l'intérieur d'une fédération départementale d'un parti politique, ou nationale pour de tout petits partis, afin de diagnostiquer ce qui ne fonctionnait pas et y suggérer remèdes. Et, tout comme dans les restaurants, pêle-mêle on trouvait des problèmes de personnes, de compétences, de coordination, de communication, de stratégie, de non véritable prise en compte des « clients » (les militants, adhérents, sympathisants, électeurs),...

Déjà il semble avoir été difficile « d'entrer » dans certains grands partis : pas d'autorisations des instances nationales, blocages par certains « barons » locaux... Et cette « cuisine interne » ne semble pas, tout comme la politique en générale, attirer les foules.

Pas de quoi redorer l'image de la politique et pourtant, c'était la véritable, tellement et simplement humaine...

20/08/2012

SCIENCES – MATHEMATIQUES

Les mathématiciens deviendraient-ils pointilleux ?

Etrange ce développement mathématique proposé par un groupe de chercheurs de la Sorbonne : une théorie posant que le point aurait une dimension !?

En fait, cela permet de résoudre certains problèmes de logique : imaginez, un segment, par exemple, a une longueur fixe et pourtant il est composé d'une infinité de points !!! Autant, si je puis dire, qu'un segment plus court ou plus long.

Cela rejoint d'ailleurs une autre absurdité : comment, par exemple, mesurer précisément la longueur d'une côte, mesure-t-on alors les moindres méandres de rochers, ce qui donnera un résultat quasi infini et loin d'une mesure vue d'avion... Bref, il nous faut une unité de dimension minimum que l'on pose et en deçà de laquelle les règles de mesure ne seraient plus les mêmes : ce ne serait alors plus le même monde en quelque sorte. Ce point aurait donc une certaine dimension mais posée de telle manière qu'une dimension inférieure serait impossible.

Ola, mais cela rappelle étrangement certains principes de la mécanique quantique !?... L'équivalent d'une particule élémentaire, du temps de Planck ?...

30/08/2012

SOCIETE – France

L'association « des grilles pour un toit » au secours des SDF

Il fallait en parler car cela révèle un profond dysfonctionnement de notre société : vous l'avez vu à répétition ces derniers jours et ça a fait le buzz comme on dit : les actions - sciemment médiatisées - de l'association « des grilles pour un toit ».

Et dire que nous en sommes arrivés là : une association qui, à l'aide d'avocats bénévoles experts en droit comme il se doit, définissent les infractions qui permettent d'aller tout droit en prison, sans amende, et pour un temps donné. Et de fournir ces thèmes de délits aux SDF pour qu'ils puissent ainsi plus facilement enfin trouver un toit, de quoi se nourrir et se laver, être suivis médicalement. Et c'est imparable. Seul hic, ceux qui ont un animal domestique dont ils doivent alors se séparer mais sinon, c'est l'hébergement pour l'hiver, de jour comme de nuit.

Et, évidemment, l'association ne manque pas de pointer l'absurdité de la situation.

Jusqu'au jour où, faute de place dans les prisons, ceux-ci ne seront que mis en placements sous bracelet électronique ou seront condamnés à des Travaux d'Intérêt Général...

02/10/2012

ECONOMIE – CRISE

La crise exacerbe les différences

C'était connu, le dernier Prix Nobel d'Economie vient confirmer la chose : la crise accentue les différences entre riches et pauvres. Ou plutôt les situations de ruptures, de changements. Que ce soit les économies qui émergent d'un seul coup (c'est relatif) ou celles qui plongent dans des crises d'origines diverses, l'effet est le même : une plus grande disparité de richesses, de niveaux de vie, pour les populations. Les riches deviennent plus riches, les pauvres plus pauvres, la classe moyenne éclate entre ces deux tendances. Et ce phénomène a son effet sur d'autres domaines, notamment l'aspect politique : différentiation nette entre droite et gauche, forces centrales laminées.

En fait, cette constatation ne se limite pas à la seule économie mais s'avère être un principe général dans toute situation de rupture d'équilibre : on le voit, pour exemple, également en climatologie : le réchauffement « brutal » de la planète entraîne plus des déséquilibres, des phénomènes violents, qu'une simple augmentation de température progressive...

Décidément, la vie n'est pas un long fleuve tranquille. Elle est faite de moments calmes séparés par des ruptures qui sont des progressions.

15/10/2012

SOCIETE – CULTURE

Le Livre des Commémorations

C'est vrai que ça manquait : comment faisaient-ils, nos chroniqueurs et autres animateurs de radios et médias divers, les organisateurs évènementiels de commémorations, jusqu'à présent ? « Aujourd'hui, à l'occasion du centenaire de Gustave Dupont... » ou pour justement sortir LE bouquin idoine qui arrive pile poil à l'occasion des 50 ans de la mort de...

Dorénavant, ils auront LA référence, l'outil précieux, bref, le Livre des Commémorations !

De quoi s'agit-il ? Vous l'aurez deviné : un recueil rassemblant, sous forme de calendrier (un chapitre par mois, un paragraphe par jour), tous (disons beaucoup et les plus importants) les évènements classés par jour de l'année où ils se sont produits, avec la dénomination exacte, l'année de référence, un très court descriptif et les années anniversaires importantes (1 an, 10 ans, 50 ans,...).

Avec rééditions annuelles, évidemment !

Hélas, pour l'instant, mon éminente personne n'y figure pas : une erreur sans doute !? Je vais le signaler à l'éditeur, Hachette...

14/11/2012

SOCIETE – INTERNET

Réseaux sociaux

Et oui, le monde n'a plus de limite pour se rencontrer.

Avant, c'était le voisinage, le milieu professionnel, voire boîte de nuit ou agence matrimoniale, maintenant, c'est Internet.

Et ce ne sont pas les sites de rencontres, en fin de comptes, qui le favorisent le plus. Non, ce sont les réseaux sociaux non dédiés et notamment Facebook.

On peut y rencontrer facilement des personnes sans que le but en soit la rencontre de couple.

Et pourtant, d'après l'enquête réalisée par IPSOS auprès des divorcés récents, l'adultère virtuel vient maintenant en 1ère position des causes de divorces, et donc via Facebook principalement.

Surtout qu'alors le fantasme peut s'y exprimer librement, la découverte de l'inconnu, la sublimation de l'autre, un certain anonymat initial (aussi bien par rapport aux contacts qu'aux conjoint(e)s) facilitent la chose avant, dans beaucoup de cas aussi, concrétisation effective.

Bref, si vous êtes mariés, méfiez-vous de Facebook !

18/01/2013

SOCIETE

La pipe fait un tabac !

Depuis les successives augmentations du prix des cigarettes, faisant de cette addiction une habitude de luxe, la consommation de cigarettes a nettement baissée.

Depuis, il y avait eu regain de l'utilisation de tabac à rouler.

Mais voici que nous assistons maintenant à une forte recrudescence concernant le tabac à pipe!

Et Saint Claude a même du mal à répondre à la demande de pipes: beaucoup d'achats, et c'est même devenu un cadeau en vogue!

D'ici que le tabac à priser redevienne, à son tour, à la mode, ou même le tabac à chiquer...

Mais gageons que l'Etat va, sous peu, revoir les taxes sur le tabac à pipe…

A moins que nous assistions au développement de ce nouveau produit qu'est la cigarette électronique et qui semble beaucoup moins nocive pour la santé !?

Mais, pour un homme, une bonne pipe, il n'y a que ça de vrai!

02/05/2013

SOCIETE – RESEAUX SOCIAUX

Enfin une idée intelligente !

De manière un peu similaire à Apple avec ses ordinateurs, Facebook, dont l'attrait commençait à décroitre, a du faire preuve de nouveauté. Le réseau social avait connu une forte expansion mais déclinait car un palier de stabilité était atteint et il devenait de moins en moins à la mode.

Alors, pour qu'il ne suive pas le chemin de MySpace, Mark Zuckerberg a décidé de décliner son enfant chéri en une nouvelle version: Likebook! Puisqu'il vient de naître, autant vous le présenter rapidement: dans Facebook, vous aviez votre page à vous (Face Book) - vous en quelques sortes - et vos amis avec qui vous la partagiez. Il était bien précisé que vous ne pouviez avoir comme amis que des personnes que vous connaissiez par ailleurs: une sorte de moyen de communication avec vos proches. Bon, c'était souvent loin d'être le cas... Likebook, lui, est plus dédié à vos centres d'intérêts, personnels mais aussi, qui sait, professionnels. Ainsi, peuvent se constituer des groupes de personnes qui se retrouvent sur des goûts semblables (photo, peinture, poésie, sciences, politique,...), même si ces personnes ne se connaissent pas au départ.

Cette variante semblait nécessaire et mieux répondre aux besoins et attentes des internautes. Souhaitons-lui longue vie!

03/05/2013

SOCIETE

Finies les cartes postales de vacances ?

Et oui, chaque fois que l'on part en vacances, tôt ou tard, on s'arrête à une boutique et on achète quelques cartes postales pour envoyer à la famille, aux amis... Et on paye donc la carte, le timbre, en espérant que la carte n'arrive à destination alors que nos vacances sont déjà terminées...

D'où l'idée intéressante, et qui commence à se répandre sur les lieux touristiques - et pas qu'en France - de cartes postales virtuelles mais vraiment l'équivalent touristique de ce qu'on trouve sous forme réelle et cartonnée: paysages, monuments locaux...

Et donc machine automatique, type ordinateur dédié, où vous glissez une pièce, choisissez votre carte, et vous l'envoyez à votre - vos - destinataire(s), pour peu qu'ils aient, évidemment, une adresse mail.

Et vous pouvez même concilier ça avec le service de la Poste qui vous imprime le "message" ainsi reçu et le fait parvenir au destinataire par la bonne vieille voie postale, pour ceux qui n'ont pas d'ordinateur...

Bon, là, pas facile d'écrire à la terrasse d'un café, tranquille, sous le soleil...

06/05/2013

SOCIETE – FIN DE VIE

Il y a une vie après la mort

Non, rien de spirituel ou religieux dans ce titre mais un phénomène que l'on peut qualifier de commercial.

En effet se développe ce qu'on pourrait appeler la voyance nécrologique.

Qu'est-ce que c'est?

Un créneau fort juteux! Il s'agit de consultations de voyance auprès de personnes qui vont mourir, soit suite à maladie, soit âgées.

La (le) voyant(e) est chargé(e), souvent par les proches, d'apporter au mourant un peu de réconfort en lui parlant d'avenir, oh par le sien, évidemment, mais celui de son entourage: l'avenir de ses enfants, de ses amis, du monde... que des bonnes nouvelles, perspectives, évidemment! Ainsi, il crée un futur, une continuation, bien illusoire, certes, auquel le mourant pourra se raccrocher, un peu de bonheur en cette période angoissante.

Ces pratiques semblent se développer et commencent même à être intégrées aux soins palliatifs, à l'accompagnement de fin de vie dans certains hôpitaux.

... et cela permet aux voyants de mieux vivre.

24/06/2013

TECHNOLOGIE – VIDEO

Plus vrai que nature

Etrange et pourtant... Il vous est sans doute arrivé de visiter des zoos, réserves, aquariums où, pour certaines espèces, il n'était de fait possible de les observer qu'au travers d'une vitre. Que ce soit des reptiles, araignées et autres espèces dangereuses comme au zoo de Thoiry, ou des aquariums géants comme dans beaucoup de villes, souvent côtières... Et bien à quoi bon, maintenant, disposer des animaux eux-mêmes? C'est ce que se sont dit les responsables de l'aquarium d'Atlanta: devant l'encombrement de visiteurs actuel, et ne pouvant réaliser d'extension aquatique, l'option a été prise - et réalisée - de créer un aquarium virtuel. Comment? Simple: une soit disant immense vitre mais qui n'est en fait qu'un assemblage, "sans coutures" d'écrans vidéo sur lequel apparaît un film permanent du bassin d'à côté où là, ce sont des vrais requins et autres poissons, avec effet 3D. Le visiteur n'y voit que du feu, même si c'est affiché (en petit).

Et, par ailleurs, sont à l'étude de petits aquariums virtuels (non, pas sur votre écran PC mais bien ce récipient posé dans votre salon) ainsi que l'équivalent sous forme holographique.

Déjà le poisson pané, dans son assiette, c'était pas vraiment ça...

26/06/2013

TECHNOLOGIE – SALON

Le premier salon de l'invention littéraire

Le premier Salon de l'invention littéraire ouvrira ses portes aux professionnels le 8 juillet prochain et au public le 10 au Parc des Expositions de Villepinte, en région parisienne.

Vraiment une première originale: vous y trouverez, en un même lieu, en vrai, toutes - ou presque - les inventions parsemant les œuvres littéraires depuis que le genre est. A côté des réalisations, déjà existantes, apparaissant dans les films: les James Bond évidemment, mais aussi beaucoup de films de sciences fiction, souvent tirées ou inspirées de romans, des objets décrits dans des écrits de toutes sortes. Et le nec plus ultra est constitué de ceux qui fonctionnent réellement et non de simples représentations. Sans compter les "produits dérivés", il s'agit là d'un vaste marché au service des cinéastes, des parcs d'attractions, mais aussi de réelles inventions qui trouveront peut-être un développement industriel et économique grâce à ce Salon. Bref, de quoi intéresser les professionnels. Et, pour le public, de quoi s'émerveiller, rêver, collectionner ou attendre avec impatience de posséder enfin Le Machin!

Peut-être y trouvera-t-on le fameux traceur de mobile auquel fait allusion Anastasia dans "cinquante nuances de Grey"?!

28/06/2013

SCIENCES – PHYSIQUE

De nouveaux outils au service de la physique

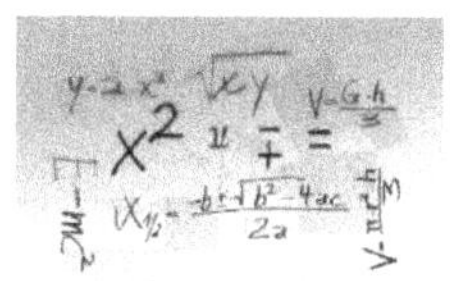

2 nouveaux logiciels, conçus par le Massachusetts Institute of Technology sont maintenant à disposition des physiciens:

D'abord un outil permettant une manipulation systématique des équations physiques: à partir des grandeurs diverses (masse, temps, longueur,...) et des équations les reliant dans notre monde physique, il fournit toutes les combinaisons possibles, même les plus "improbables", en prenant en compte, bien évidemment, les diverses constantes connues. Évidemment, cela est inspiré ou ressemble, à certains produits déjà connus comme Maxima, Macsyma, Maple et Mathematica voire animath... mais va beaucoup plus loin, est plus systématique (il engendre toutes les combinaisons possibles) et est complètement dédié à la physique théorique. L'autre produit est une sorte de simulateur: à partir d'un "objet" réel, il en déduit l'équation qu'il représente. Ainsi, pour mieux comprendre et illustrer, si nous considérons par exemple une galaxie comme un ensemble de points, ces points seraient alors la représentation d'une équation générale, avec approximation, bien évidemment, mais quand même!... Le logiciel fournit, in fine, cette équation.

Bref, de quoi aider à la réflexion de nos savants!

04/07/2013

SOCIETE – MODE

Le classique chic à la mode pour les jeunes

Etonnant l'évolution actuelle: nous étions quasi habitués au jean, puis au jogging avec capuche, voire au baggy type sarouel, aux vieux futes taille plus que basse, et voici que nous assistons à un retournement vestimentaire à 180°.

Fou: dans les rues, dans les collèges, les lycées, les "quartiers", que des jeunes à l'allure chic! Pensez: chemise classique, costume assorti, chaussures de ville!!!

Et pas question de s'habiller autrement! Il faut être classe...

Mode lancée, sans véritablement le vouloir, à partir de quelques chanteurs, vedettes, du moment.

Les fabricants de vêtements n'ont rien vu venir mais ont dû s'adapter de toute urgence!

Bref, ne vous étonnez pas si, à Saint-Denis, vous pensez vous être trompé et être dans le 16ème...

Et ne vous étonnez pas non plus si votre ado. vous réclame un costume 3 pièces: et oui, c'est normal!!! Vous avez l'air de quoi avec votre jean? Djeun? Et non, raté!

D'ici que les dealers portent maintenant le borsalino!?...

15/07/2013

TECHNOLOGIE – INFORMATIQUE

Microsoft rebondit grâce aux smartphones

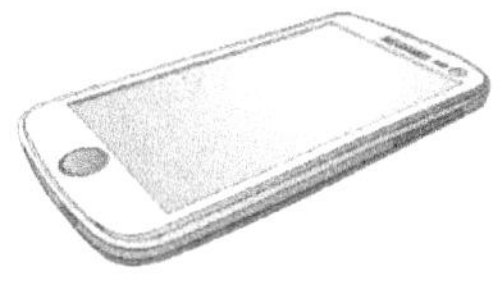

Il était clair que Microsoft cherchait à se diversifier car le marché bureautique PC n'offrait plus beaucoup d'extension possible, si ce n'est à investir des pays en développement (Chine,...). D'où la tentative du côté du hard (smartphone) mais ce n'est pas son truc. Il fallait continuer dans son créneau de prédilection: le logiciel! Et là, Microsoft a fait fort: le 1er traducteur vocal intelligent pour Smartphone.

Créé dans le plus grand secret, il apparaît comme un coup de tonnerre, battant à plat de couture les applications Android, NTT DoCoMo et autres Google. Du TTS (Text-to-speach) à l'état pur! Il traduit aussi bien une conversation, en instantané, que vous pouvez avoir avec un interlocuteur, au téléphone, parlant une autre langue (qu'il reconnaît lui-même), que servir de traducteur direct lorsque vous parlez, écoutez, dialoguez, en live (en réel), et la qualité de la traduction est "intelligente" (pas de mot à mot). Evidemment, cela "tourne" sous système Windows phone mais une passerelle permet l'utilisation sous Android (il a tout prévu, le Bill Gates et ne se laisse pas avoir comme avec Apple jadis).

La fin du métier de traducteur, interprète?

10/09/2013

TECHNOLOGIE – MULTIMEDIA

Le livre électronique multi langues

Application simple et évidente et pourtant... Evidemment, Sony l'a fait! Avec son PRS T7, vous pouvez dorénavant lire vos livres en n'importe quelle langue ou presque, et quelle que soit la langue d'origine de l'ouvrage.

En effet, vous téléchargez votre livre électronique, mettons en anglais, mais ne maîtrisant pas la langue de Shakespeare, vous souhaitez l'avoir en français. Rien de plus simple: dans le menu, vous choisissez la langue et voilà: comme par miracle, le texte en français apparaît à la place de l'anglais! Vous n'avez plus qu'à lire confortablement.

Certes la qualité de traduction n'est pas celle d'un auteur traducteur mais c'est tout à fait correct.

Simplement parce que Sony a intégré, dans son e-book, un traducteur automatique très performant gérant la plupart des langues importantes de l'humanité (même le chinois ou l'arabe!).

Et cela fonctionne également pour des fichiers de différents formats: PDF,... et sans modifications disgracieuses de la mise en page.

Décidément: vous en rêviez...

18/09/2013

SCIENCES – PHYSIQUE

La lumière : pas si constante que ça !?

Vieux serpent de mer depuis Einstein, la constance de la vitesse de la lumière est pourtant admise par tous. Et c'est, encore une fois, ce que remet en cause une équipe du laboratoire de physique de l'Université d'Orsay.

Son approche théorique, parue dans la revue Sciences, est troublante car elle ne se veut qu'une interprétation, au même titre que la dualité onde / corpuscule, il serait possible de voir l'univers soit d'un point de vue avec vitesse constante de la lumière, soit avec une vitesse de la lumière variant. Et ces positions, non contradictoires, permettent alors, selon les cas, une vision plus adaptée, plus compréhensible, voire même de résoudre certains cas litigieux dans l'une des deux interprétations.

On sait qu'évidemment, cette vitesse s'entend dans un vide absolu et est plus faible sinon. Mais elle varierait également selon le temps: elle aurait même été de 0 à l'origine de l'univers avant d'accélérer petit à petit, et continuerait à augmenter.

On a là une image de l'univers différente qui remet d'ailleurs en cause le fameux Big Bang. Quelque chose de plus "classique", même si la formule $E=MC^2$ reste toujours valable.

Il ne s'agit que de visions différentes d'un même monde.

31/09/2013

TECHNOLOGIE – MEDIAS

La fin de la fibre optique ?

En pleine expansion il y a encore peu, la fibre optique est pourtant maintenant supplantée par le satellite et les ondes!

Il fallait s'en douter: le développement de la téléphonie mobile, puis du smartphone, enfin de la tablette tactile, où, outre Internet, maintenant vous avez quasi systématiquement la télévision avec la 4G, aboutit inexorablement vers l'inutilité, chez vous, de la fameuse "box" ADSL branchée sur la prise téléphonique fixe.

Votre box 5G maintenant fonctionne de plus en plus sur le principe du téléphone mobile, mais retransmet à votre PC et votre télévision, comme à des périphériques.

Bref, l'info ne passe plus par les câbles optiques ou de cuivre mais par la 5G, elle-même, bien souvent, en liaison satellitaire grâce aux récents développements technologiques dans le domaine.

Après l'abandon du modem (et de l'hertzien), l'ADSL en prend un coup: le téléphone mobile, avec ses intégrations, enterre ces futurs vestiges du passé.

Téléphone fixe : ah bon, ça existe encore ?

01/10/2013

TECHNOLOGIE – TELEPHONIE

Un smartphone… non vocal !

Etonnant, non? Et pourtant... Toutes les études ont montré que les smartphones ou téléphones mobiles sont essentiellement utilisés par les jeunes pour envoyer et recevoir des textos, voire utiliser la messagerie Facebook. De là à mettre sur le marché un mobile qui ne fait que ça...

C'est donc ce qu'a réalisé la société Facebook de Mark Zuckerberg. Depuis un certain temps, Facebook travaillait sur un mobile dédié. Et bien le résultat est là! Et ainsi, il innove et se démarque des autres concurrents.

L'intéressant est qu'aussi bien le "téléphone" (peut-on encore l'appeler ainsi?) que l'abonnement, est, de ce fait, par l'impossibilité de téléphoner avec, dans une gamme de prix tout à fait abordable par nos jeunes peu fortunés.

Bref, le FB1 ne permet de faire que ça: sms et messagerie Facebook, mais ça devrait plaire!?

… surtout qu'il est question que Facebook rachète les autres réseaux sociaux existant…

Etrange développement du téléphone qui aboutit à quelque chose qui n'a plus rien d'un téléphone.

16/10/2013

ECONOMIE – MULTIMEDIA

Une époque s'achève…

Vous souvenez-vous de la glorieuse époque de l'expansion effrénée d'Apple, IBM, Microsoft? Ils se disputaient le monopole informatique...

Puis ce fut le tournant de la téléphonie mobile avec Apple, bien sûr, qui avait réussi à devancer cette mutation avec son fameux Iphone, puis l'Ipad.

Mais les chiffres sont là aujourd'hui: Samsung a largement dépassé Apple, Microsoft s'y est pris trop tard et son accord avec Nokia fut un mauvais choix.

Google a, quant à lui, lâché Nokia pour se tourner vers Samsung. Le système d'exploitation Androïd rafle le marché sur le dos de Microsoft Windowsphone.

Mieux et dernier épisode: l'accord récent Facebook / Google: Yahoo et Microsoft sont délaissés...

Bref, maintenant, une situation multi entreprises de monopole pour Samsung, Androïd, Google, Skype et Facebook! La totale!

Et pourquoi me direz-vous? De l'autre côté du Pacifique, non loin du Japon et de la Corée du Sud, il y a la Chine...

21/10/2013

SCIENCES – CLIMAT

Le Gulf Stream ne radoucit plus nos côtes

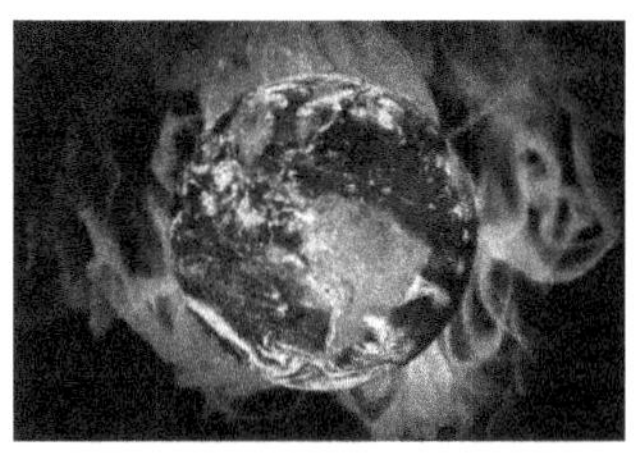

Vieille théorie du lieutenant de marine des États-Unis, Matthew Fontaine Maury, en 1855, qui a longtemps eu cours et qui affirmait que le climat doux océanique ouest européen était dû au Gulf Stream, ce courant chaud, sous-marin, qui traverse l'Atlantique et vient lécher nos côtes.

Autre hypothèse, plus récente: le fameux Gulf Stream tendrait à disparaître sous l'effet du réchauffement climatique... Eh bien, d'après les dernières recherches du Centre climatique du CNRS, ces hypothèses semblent se confirmer!

Vous avez sans doute remarqué (voir article ici) que notre climat tendait vers un climat plus continental, avec des saisons plus marquées, et même un décalage: hiver comme été plus tardif. C'est exactement à ces conséquences que ces études ont abouti.

Et d'autres mouvements marins seraient également, ailleurs dans le monde, à l'origine de modifications importantes des saisons et de la multiplication de catastrophes naturelles climatiques.

René Dumont, vous vous souvenez peut-être, en 1974, n'avait peut-être pas tort de tirer la sonnette d'alarme...

25/10/2013

POLITIQUE – GEOPOLITIQUE

Allemagne, Corée, même combat ?

Etonnant le dernier ouvrage de François Fiorida; géopoliticien de renom! "Allemagne, Corée: même combat" est basé sur un parallèle établi entre la situation passée de l'Allemagne et celle, actuelle, de la Corée. Et il est vrai que cela, à y bien regarder, paraît pour le moins troublant: 2 états divisés en deux suite à un conflit, l'un pro occidental (ex Allemagne de l'ouest et actuelle Corée du Sud), avec un fort développement économique, l'autre communiste (ex Allemagne de l'Est, Corée du Nord). Vous remplacez l'URSS par la Chine et quasi tout y est!

L'analyse est intéressante sur l'interprétation du devenir de ces 2 pays aussi bien sur la scène internationale qu'en politique intérieure. Mais ce sont les hypothèses sur l'avenir qui donnent à réfléchir: l'effondrement, ou plutôt la profonde transformation, de la Chine communiste, à la manière de l'ex URSS, la fin de la dictature nord-coréenne (Cf. RDA), la puissance insolente d'une Corée réunifiée (l'Allemagne actuelle),...

Cela ne rappelle-t-il pas un article, ici, sur le déplacement du pôle humain vers le Nord-ouest: Afrique de l'est, péninsule arabique, Mésopotamie, Egypte, Grèce, Italie, Europe de l'ouest, USA, Japon,...

28/10/2013

POLITIQUE – MODE

La Croix Celtique revient...

Vous la voyez dorénavant de plus en plus souvent au cou de celles et ceux que vous croisez. Effet de mode? Peut-être.

Mais cela révèle bien autre chose. Je parle de la croix celtique: une croix entourée d'un anneau ou croix nimbée.

Et maintenant, les médias l'ont assez mis en évidence, tout le monde sait de quoi il s'agit: un ancien symbole du Mouvement Occident, un parti politique des années 70 dissout en 1973, un mouvement d'extrême droite. Et un emblème catholique, et celtique (la propagation a commencé en Bretagne).

Bref, le choix de porter cette insigne n'est pas innocent ou que par effet de mode: il s'avère que, par ce moyen, bon nombre de nos compatriotes montrent ainsi leur sensibilité politique pour l'extrême droite, et notamment contre l'immigration et ce qu'ils appellent l'islamisation...

Un signe ostentatoire en réaction au port du voile, affirmant ainsi une appartenance religieuse pourtant toute relative.

Certes, elle peut être belle, mais cela rappelle de vieux démons, une autre croix qui, à l'époque... J'en ai froid dans le dos!

03/11/2013

SOCIETE – CULTURE

Le meilleur jeu vidéo en film

Vous me direz "rien de nouveau sous le soleil!": l'adaptation de jeu vidéo en film n'est pas une première, elles sont même légion! Que ce soit Halo, Tomb Raider, Gears of war,... Vous les connaissez sans doute.

Mais alors, en quoi le prochain film "Battle field - the best" sera-t-il différent?

Simple - et tellement évident -: il sera le pur résultat du grand championnat mondial organisé autour de ce jeu.

En effet, les premières compétitions ont déjà commencé.

Vous jouez, votre partie est intégralement enregistrée et, si vous êtes le meilleur, cet enregistrement sera LE film!

Simplicime, non? et tellement peu coûteux pour le producteur!!!

La bataille (c'est le cas de le dire) devrait durer 6 mois, à l'issue desquels sortira une version qui, après adaptation, pourra directement sortir en salle.

Le gagnant apparaîtra au même niveau que le réalisateur et les auteurs du jeu: la notoriété, ça coûte pas trop cher...

14/11/2013

SOCIETE – POLITIQUE

Plus de demandes d’asile en France

Il ne s'agit pas de refuser les demandeurs d'asile politique en France mais de refuser, en France, les demandes d'asile.

Vous me direz: c'est la même chose!

Et bien non.

En fait, d'après les derniers décrets parus, il sera désormais impossible de déposer sa demande d'asile sur le territoire français métropolitain: cela n'est maintenant faisable que dans une ambassade ou un consulat français à l'étranger.

Vous devinez l'avantage: finis les demandeurs d'asile restant sur le territoire français en attendant que leur dossier soit traité, ils attendent dans le pays d'origine et ne peuvent venir que si l'asile est effectivement accordé.

Evidemment, les dossiers sont traités essentiellement en fonction de l'urgence avec même possibilité d'hébergement (quoique des problèmes de configurations matérielles restent encore à régler) dans les ambassades et consulats eux-mêmes pour les personnes en situation de danger imminent.

Solution simple mais il fallait y penser.

22/11/2013

SOCIETE – CULTURE

Les livres à la portée de tous

La chose avait été plus ou moins initiée par les livres numériques: la présence de publicité lors des téléchargements de livres pour "liseuses électroniques" ou tablettes numériques.

Mais voilà que c'est fait, et, le plus étonnant, c'est que c'est une collection déjà pourtant réputée pour mettre à disposition du public des œuvres littéraires pour un prix très modique.

Je veux dire la collection "J'ai lu".

Et oui, les temps changent. Dorénavant, les fameux petits bouquins contiendront de la publicité!!!

Premier numéro déjà sorti: le dernier roman de Stephen King - rien que ça - que vous pourrez ainsi acquérir pour 10€ soit moitié prix!

Bon, je ne vous citerai pas les annonceurs pour ne pas leur faire ici de la publicité supplémentaire mais il semble que le choix soit fait en fonction du public visé par le type d'œuvre littéraire et même du thème du roman.

Y aura-t-il une publicité Sanoflore pour les romans à l'eau de rose???

12/01/2014

POLITIQUE – MUNICIPALES

Un site, un nom

Nous voilà à nouveau en période électorale!

Et c'est l'époque où fleurissent les slogans, tous plus accrocheurs les uns que les autres...

Mais où vont-ils chercher tout ça?

Oh c'est simple maintenant: sur le site Internet "slogans de campagne". Et oui, ça existe! Pas depuis longtemps, certes, mais avec, je dois dire, un franc succès.

De quoi s'agit-il? Simple: un site où sont recensés tous (ou presque) les slogans inventés par nos différents candidats aux plus hautes fonctions publiques, à savoir: maire, conseiller général, régional, européen, député et j'en passe.

Très largement de quoi trouver l'inspiration au cas où...

+, évidemment, une série de conseils « basiques », tenant à la législation et à la communication…

Et financé par quelques publicités bien placées d'annonceurs graphistes, imprimeurs, spécialistes évènementiels, éditeurs...

Allez, soyez sympa, votez pour moi!

21/01/2014

SOCIETE – CINEMA

Schiste Story

Décidément Hollywood fait feu de tout bois! Rien n'est tabou pourvu qu'il y ait du bénéfice à la clé. Et, après tout, le point de vue est plutôt équilibré.

Evidemment, je parle du dernier film de Terrence Malick "Schiste story", lui qui s'était pourtant retiré du cinéma mais, quand on a le virus et pour un tel thème...

Si le jugement ci-dessus n'est que le reflet de certaines critiques, il faut bien admettre que le sujet est d'actualité.

L'histoire est celle, maintenant quasi classique, d'une famille de fermiers, au fin fond des Etats-Unis, en Pennsylvanie, dont la vie tranquille est bouleversée par la découverte et la mise en exploitation, sur leur propriété, d'un gisement de gaz de schiste.

Arrive alors la fortune, mais aussi toutes les déviances humaines et les premiers signes de la détérioration de la nature environnante. Une promesse de paradis mais une réalité d'enfer.

Film dérangeant car très bien senti.

Vous serez peut-être déçu car rien à voir avec Dallas, ton univers impitoyable...

27/01/2014

SCIENCES – PHYSIQUE

Double preuve des ondes gravitationnelles

Prévues par Einstein dans le cadre de la relativité générale, mises en doute par la suite car, mise à part Russel Hulse et Joseph Tailor, personne n'avait jamais réussi à les mettre en évidence, la preuve vient d'être apportée par 2 découvertes récentes.

En effet, c'était annoncé mais maintenant confirmé: l'observation, à partir du pôle sud, d'ondes gravitationnelles émises lors du Big Bang mais aussi la seule interprétation possible de l'existence d'anneaux autour d'astéroïdes (voir article, ici: « De l'atome aux anneaux de Saturne »). Cela confirme la théorie développée par l'Institut de Physique de Berlin qui interprète les diverses forces (voir ici: "Vers une nouvelle conception du champ unitaire" et "Une nouvelle interprétation de l'anomalie Pioneer"), sous forme d'ondes stables et fixes (étrange notion), dont nous n'en avons mis en évidence que 4, comme la définition même de l'OBJET, du quantum élémentaire où la force de gravitation est la dernière, la plus externe. Encore une fois, cette théorie semble maintenant être le lien véritable entre celle de la Relativité Générale et la Mécanique Quantique...

Affaire à suivre: la physique théorique semble bel et bien faire ici un énorme bond en avant!?

01/04/2014

POLITIQUE – EUROPE

Le divorce Nord-Sud

Cela courrait depuis quelques temps déjà. A maintes reprises, les pays du sud de l'Europe montraient leur agacement - pour ne dire plus - vis à vis notamment de l'Allemagne, de son hégémonie au sein de l'Union Européenne et de la paupérisation que cela entrainait pour le sud.

Mais là, la crise semble insoluble si ce n'est par la scission de l'Europe, surtout depuis l'entente qui s'affirme entre l'Allemagne, l'Angleterre, les pays scandinaves, les Pays-Bas, et le Luxembourg.

De l'autre, les pays du sud: Italie, Espagne, Portugal, Grèce. L'alliance franco-allemande bat de l'aile, la France dérive inexorablement vers le sud... Quant à la Belgique, elle reflète tout le conflit: la prochaine séparation Flamands / wallons ne fait plus de doute. Et l'Europe de l'est, elle, décroche aussi, tiraillée entre celle du sud et la pression que continue à mettre la Russie, après l'Ukraine et la Biélorussie.

Le prochain sommet de Bruxelles risque bien d'être le dernier...

Tiens, ne fusse pas une situation similaire lors de l'histoire initiale des USA?...

02/05/2014

SCIENCES – PSYCHOLOGIE

Le prisme de la personnalité

Une nouvelle vision psychologique de la personnalité aboutissant à une méthode de thérapie semble prometteuse: elle fait suite aux travaux de McCrae & Costa de 2007.

En fait, il s'agit de considérer tout individu tel une composition, un mélange dosé, de personnalités "enfouies" qu'il faut faire apparaître comme au travers d'un prisme.

Et ainsi découvrir laquelle est le support pathologique et la soigner.

Un peu le Dr. Jekkyl et M. Hyde, the Mask et toutes les variantes des super héros...

Nous avions déjà évoqué ici une facette de ce phénomène dans l'article "Double Je"... Sauf que là, le nombre de personnalités peut être supérieur à deux.

Des recherches récentes tendraient d'ailleurs à associer cette composition à des éléments génétiques (chromosomes), ce qui permettrait d'ailleurs un développement thérapeutique complémentaire.

Mais moi-même, suis-je bien uniquement celui que je laisse apparaître ici?

25/06/2014

POLITIQUE – EUROPE

Du rififi en Europe

Le mouvement avait été quasi enclenché en Belgique mais c'est l'Ecosse qui l'avait concrétisé en premier, en quittant le Royaume uni : les frontières bougent en Europe avec un effet d'entrainement sur tous les mouvements indépendantistes.

Et donc, nous le voyons aujourd'hui, pas uniquement par velléité d'indépendance comme la Flandre, la Wallonie, l'Ecosse, l'Irlande du Nord, la Catalogne, la Lombardie, la Corse, mais avec aussi des rapprochements comme celui de l'Irlande et de l'Ecosse!?

Mieux, au sein même de l'Europe se dessine un groupe, un "lobby" (!?) constitué des monarchies européennes d'Europe du Nord-Ouest, les fameux "pays de la mer du Nord": Angleterre, Scandinavie, Bénélux...

Bref, les frontières bougent.

Heureusement aucun sentiment belliqueux pour l'instant.

Tout se passe à fleurets mouchetés, dans les couloirs de salons... et dans les centres d'affaires!

Heureusement, tout cela reste en Europe!

11/09/2014

POLITIQUE – FRANCE

Un « 11 septembre » en France, comme un essaim de guêpes…

On en fait la comparaison, et c'est logique: l'attaque multiple, sur tout le territoire français, par de mini charges explosives, larguées par des drones, sont pour la France, un autre "11 septembre".

Il fallait s'en douter: la France est, après les Etats Unis et Israël, l'Etat le plus condamné par les mouvements islamistes ultra radicaux.

Nous savons maintenant, hélas trop tard, pourquoi tous ces survols par des drones, dans le passé, des sites stratégiques français.

Certes, plus de la moitié des attaques (une trentaine donc) ont été déjouées. Mais ce taux d'échecs devait être certainement calculé, et la panique, la désorganisation, conséquentes, ont marqué les points faibles de la protection française. L'impact psychologique est terrible pour pourtant de toutes petites attaques, sans réelles immenses conséquences. Telles les piqûres multiples et simultanées d'un essaim de guêpes…

Réussir à instaurer un climat de terreur: la définition même du terrorisme…

24/02/2015

POLITIQUE – EUROPE

Vers une guerre des religions ?

Après avoir annexé - ou disons intégré - les pays russophones (Est de l'Ukraine, puis Biélorussie, Lettonie, Estonie, ouest du Kazakhstan), sans avoir rencontré d'opposition armée des pays occidentaux ou autres, la Russie montre des velléités de "protectorats" ou partenariats forts, avec les régions de religion orthodoxe.

Là, ce sont les Balkans et alentours qui sont visés: Ukraine et Kazakhstan, évidemment, mais aussi Moldavie, Roumanie, Bulgarie, Serbie, Macédoine, Monténégro et même Géorgie et Arménie!... Et la Grèce, qui fut le premier, suite à sa sortie de l'Euro, qui "bénéficia" de toutes les attentions de la Russie, de son aide financière, au point de sortir de l'Union Européenne. L'intégration prématurée à l'Europe, le différentiel économique conséquent, autant de fragilité que les russes ont bien sentie…

Cela ressemble étrangement à ce que l'Allemagne nazi a fait : la Russie d'après Gorbatchev a la nostalgie de l'Empire Russe, puis l'Union Soviétique… Mais là, point de guerre européenne, des annexions progressives, quasi en douceur, selon toujours le même principe: réponse à l'aide demandée par des minorités des pays concernées.

17/06/2015

TECHNOLOGIE – MULTIMEDIA

Votre petit Google Image perso

Nouvelle innovation chez Google: vous connaissez Google Image? Il est possible d'essayer de retrouver sur Internet des photos semblables à une photo donnée…

D'autre part, vous connaissez sûrement Google+ ainsi que la possibilité de création d'album photos en lien avec Picasa, bref, Google Photo qui gère l'ensemble de vos photos sur un cloud…

Et bien dans la nouvelle application Personal Google Album, ces 2 choses sont cumulées!

Comment?

C'est en fait une application qui apprend.

Au départ, sur vos photos de famille (ou d'amis), vous avez la possibilité d'identifier (comme sur Facebook) les personnes.

Mais le top, c'est qu'à partir de là (des personnes que vous avez précédemment identifiées une fois), l'application "reconnaît" alors les personnes sur les autres photos et vous propose de valider les nouvelles identifications. Et cela même à travers les âges! (enfin, dans une certaine mesure).

"Non, je n'ai pas changé…" comme dirait Julio.

23/08/2015

SOCIETE – CONSOMMATION

Une machine à expresso multifonction

Oui, vous connaissez: nos machines à expresso qui vous font une tasse de café à partir d'une capsule, what else?

Quoi d'autre?

Et bien le système avait déjà connu une variante pour le thé.

OK. Mais là, SEB va encore plus loin: une machine à "expresso" (le terme est-il toujours adapté?) pour faire des sauces!!!

Et oui, il fallait y penser! Plutôt que du café ou du thé, et pour remplacer avantageusement les "bouillons cubes", ainsi que les sachets déshydratés, voilà les capsules à sauces!

Déjà toute une collection en vente, de l'équivalent bouillon cube à la sauce chasseur, béchamel,...

Mieux, commencent à apparaître les premières soupes individuelles!!!

Gageons que cette nouvelle déclinaison connaîtra un franc succès.

Par contre, point de sodas: la tentative de sachets déshydratés avait fait un flop en son temps...

30/11/2015

ECONOMIE

La mort du petit commerce du Web

Jusqu'à présent, le Web semblait représenter la mort du commerce réel, peu à peu: prix moins chers, par non nécessité de local en ville, pas de vendeurs à rémunérer, clientèle plus étendue géographiquement, pas de problème d'insécurité publique, pas de bousculade, pas d'horaires d'ouverture contraignants, sécurisation des achats…

D'après les dernières observations, un nouveau phénomène apparaît maintenant: la mort du petit commerce du Web!

Simple: après une période de bouillonnement, d'apparition de multiples "boutiques" (sites) sur le Web, des concentrations s'opèrent, des rachats, des étouffements.

Les nouveaux grands distributeurs bénéficient de plateformes plus rentables, d'achats en gros, de services d'expéditions moins chers et plus performants. Bref, l'équivalent du monde réel où c'était le petit commerce qui était menacé par l'implantation des grandes surfaces: la fin du petit commerce…

Même sur le Web?! Où va-t-on?!

22/01/2016

SOCIETE

Les campings affectés aux gens du voyage

C'est passé quasi inaperçu sauf pour les intéressés qui réalisent l'importance de l'amendement…

Et oui, cet été - vous en n'avez probablement pas entendu parler - le texte de Loi régissant le stationnement des Gens du Voyage, a été amendé.

Et ce n'est pas rien!: en fait, partout où il existe déjà des campings privés, à l'attention des vacanciers, ceux-ci constituent alors de fait LA possibilité de stationnement des gens du voyage! Mais donc, société privée oblige, ce n'est pas gratuit! Et les terrains de camping ont alors obligation de location dès l'instant où les locations saisonnières de vacances ne dépassent pas les 10% d'occupation. Les tarifs sont ceux habituels (avec les charges) selon la saison de stationnement. Et le paiement ainsi que le respect du Règlement du camping, par les gens du voyage, sont contrôlés par les services de l'Etat (Préfecture).

Cela devrait contribuer à résoudre le problème, et les campings, les municipalités et les possesseurs de terrains privés occupés jusqu'ici illégalement, devraient y trouver leurs comptes.

Bon, peut-être pas les Gens du Voyage eux-mêmes, ayant pris l'habitude de profiter sans verser un sou…

24/01/2016

SCIENCES

Des cycles magnétiques

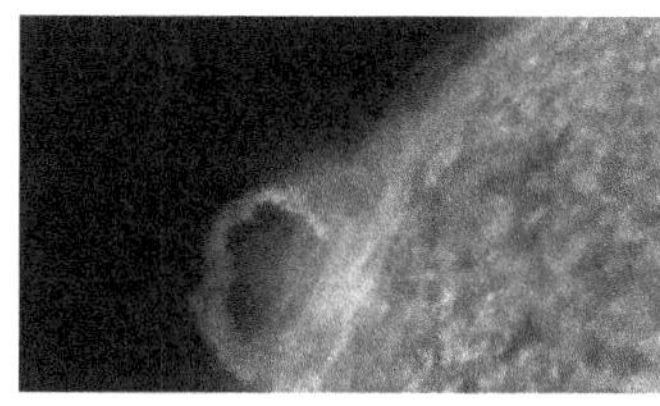

Vous avez sûrement entendu parler des tâches solaires et de son cycle de 11 ans. On sait maintenant qu'elles sont associées à des variations du champ magnétique du soleil. Mais pourquoi 11 ans? On suppose qu'il y a là influence des planètes…

Grâce aux facilités informatiques actuelles, il a été possible de tracer, sous forme de courbes sinusoïdales, cette influence en tenant compte des périodes de révolution, de l'éloignement au soleil et de la masse des planètes, ce qui a abouti à une « série de Fourier » (combinaison de ces courbes périodiques) correspondant très exactement aux cycles (il y en a plusieurs) des tâches solaires.

Mais une étude récente va plus loin et montre la grande corrélation entre ces variations et ce qui se passe sur Terre au niveau naturel (tornades,…) et même humain ! (conflits, développements,…).

Bref, comme si on retrouvait les vieilles notions d'astrologie !!!

Nostradamus maîtrisait il déjà, à l'époque, cette technique ?...

16/12/2017

ECONOMIE

Forte impulsion pour le télétravail

Pour lutter contre le réchauffement climatique, la France veut y aller fort. Du coup, à côté des primes pour les véhicules électriques, le développement des transports en commun, le télétravail devient une priorité.

Cela est déjà passé par la généralisation de la fibre optique, préalable nécessaire, mais maintenant donc par le plan « Télétravail » avec, déjà, la diminution drastique de la prise en charge en partie des frais de transports par l'employeur et de l'exonération fiscale correspondante.

Mais aussi par un fort subventionnement à l'installation de multiples lieux équipés en matériel Internet ouverts aux salariés quelle que soit leur entreprise, les fameux « télébureaux » avec pour ambition qu'ils deviennent aussi nombreux et répandus que les Bureaux de Poste actuellement en disparition (et dont ils devraient utiliser les anciens locaux).

Pour l'Etat et les entreprises : opération blanche par récupération ci-dessus.

Les « télégrammes » avaient déjà disparu, peut-être deviendront-ils des « Bureaux de Postes de travail »… !?

21/12/2017

SCIENCES – ASTRONOMIE

On aurait enfin trouvé la planète 9 ?!

Elle était prévue, et été recherchée mais en vain jusqu'à présent. La 9ème planète du système solaire appelé « nine » d'ailleurs (9), ou encore Phattie, était pronostiquée pour se situer entre 30 et 120 milliards de km soit bien au-delà des planètes connues et même de la ceinture de Kuiper et donc de la pseudo planète naine Pluton.

En fait, si elle avait été supposée exister, c'était à cause des perturbations observées sur ladite ceinture de Kuiper.

Et bien, ce qui a été trouvé, c'est une planète située à… 13 milliards de km ! donc bien plus proche (c'est relatif) mais justement cachée par la ceinture d'astéroïdes.

Mais non, en fait, c'est Sedna, découverte en 2003 !

Il n'est pas impossible que Phattie ne soit en fait pas la 9ème mais probablement au-delà, une 10ème voire même 11ème planète…

Et oui, il paraitrait que la répartition planétaire suivrait quasiment une progression exponentielle en $e^{0.54n}$ ou $1,72^n$.

Mouai, vous m'en direz tant…

09/01/2018

TECHNOLOGIE – INFORMATIQUE

La fin de Windows

Comme beaucoup de sociétés, Microsoft, après un départ fulgurant, une hégémonie quasi-totale, semble aller vers la fin de sa vie. Ou du moins, opère un virage radical dans sa stratégie.

Windows n'a plus la côte, dépassé par le système d'exploitation Android, « gratuit ».

Cette chute a été précipitée par le remplacement, après le PC de bureau puis le PC portable, par la tablette numérique.

Microsoft a vu cette fois-ci trop tard l'évolution. Son système pour smartphone et tablette est arrivé trop tard. Et il s'est fait damé le pion pour le rachat de la startup par Google.

Alors, comme jadis IBM, Microsoft a décidé de s'orienter vers le marché professionnel des gros ordinateurs, côté logiciel.

Donc terminés aussi les Microsoft Office classiques et autres applications, laissant le marché à, entre autres, Google devenu le nouveau numéro 1.

On commence même à voir apparaître quelques rares PC fixes et portables fonctionnant sous… Android !!!

13/01/2018

SCIENCES – PHYSIQUE

A la recherche de la bonne formule

A l'aide d'accélérateurs de particules ou de satellites, l'homme recueille plein de données qu'il étudie ensuite minutieusement afin d'explorer notre univers, de donner du sens aux théories…

Mais là, pour le projet Formula, l'Institut de Physique Théorique va tout bêtement rechercher, à partir de toutes les formules physiques actuellement connues et validées, mesures et constantes – physiques ou mathématiques – pour y retrouver LA (LES ?) formule magique non encore découverte, respectant évidemment les équivalences dans le système de mesure SI. Et tout ça donc en triturant, combinant, tout ce qui existe actuellement, de toutes les manières possibles.

Pour cela, simplement de bons gros ordinateurs tournant à plein régime !

Et oui : imaginez, à partir de la formule sur la gravitation de Newton et du fameux $E = MC^2$, en déduire un truc du genre $R= 4GM/c^2$… Oups, c'est déjà trouvé : le rayon de Schwarzschild !

Mais le plus dur sera peut-être après, de donner du sens aux formules et constantes trouvées !!!

15/01/2018

SOCIETE

Psychanalyse des nations

Etrange et intéressant, le dernier livre d'Edouard Fulman, « Psychanalyse des nations » sociologue réputé…

Il s'est lancé dans une étude psychanalytique des civilisations, des cultures, des nations ou ensembles de nations, comme cela pourrait se faire pour un individu.

Bon, pour le coup, pas de manière approfondie car la tâche serait immense et ne tiendrait pas dans un seul ouvrage.

Mais il ouvre ainsi une nouvelle voie originale et prometteuse liant ethnologie, sociologie et psychologie… en fait surtout une méthodologie et un point de vue.

Certes d'autres avaient un peu abordé ce thème général, comme Guy Dingemans, ou sur tel ou tel contrée, comme la Mauritanie, mais cela va plus loin et de manière différente, expliquant le présent par des traumatismes passés… et même les mythes, légendes et autres contes.

Bon, certains exemples, de détail, semblent quelque peu limite, comme le fait de l'assimilation entre Jedi et judaïsme dans Star Wars, rapprochement déjà évoqué par d'autres…

19/01/2018

SCIENCES – MATHEMATIQUES

On tourne en rond, on tourne en rond… !?

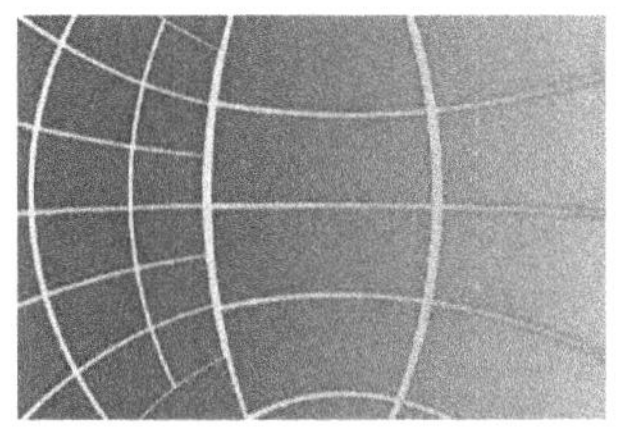

Non, la Terre n'est pas plate mais ronde, et elle tourne autour du Soleil, les parallèles se rejoignent à l'horizon, l'univers serait courbe,… Bref, tout est rond, sphérique, tourne, ondule…

Alors, une géométrie avec des droites, des parallèles, bref euclidienne, voire orthonormée, ce n'est guère courant dans notre monde.

Evidemment, ce n'est pas vraiment nouveau : Maxwell, Riemann et autres avaient déjà travaillé la question.

Là, les travaux de l'Institut de Mathématiques appliquées d'Angers, complétant ceux de la Sorbonne (article précédent sur le pointillisme mathématique), vont plus loin. Ils démontrent que seule cette mathématique est totalement générale et cohérente. Bref, tout n'est que points, sphères, rotations, spirales, ondes, sinusoïdes.

Mieux, dans cette géométrie, il n'y a que 3 « dimensions » possibles (sens euclidien du terme) + 1 dimension « imaginaire » (au sens mathématique).

Etrange quand même, non ? Notre espace à 3 dimensions et le temps ?

23/01/2018

SOCIETE

365 jours dans l'année

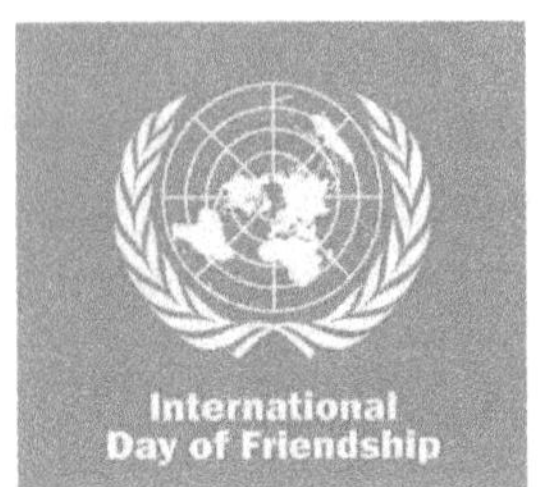

Et oui, c'est tout ce qu'il y a : 365 jours dans une année !

Et ça y est, il n'y a plus de place pour caser de nouvelles « Journées internationales ».

Déjà que certains jours les cumulent comme le 20 mars (Conte, Francophonie, Macaron, Moineau, Santé bucco-dentaire, Alternative aux pesticides, Sans viande, Bonheur).

L'UNESCO a donc décidé d'y mettre son nez et de réguler ces choix de manière drastique : il n'y en aura que 366 (pour années bissextiles)!!!

Bref, plus de cumul, à chaque jour son thème, et on en retire une petite centaine !

Les choix furent parfois difficiles.

N'ont été gardées que celles ayant un aspect culturel ou social, voire humain. Finis les Journées « Jaune » ou « Pi » ou « de la Serviette »…

Mais imaginez qu'il y avait, le 13 janvier, la « Journée Internationale sans pantalon ». Les partisans n'auront plus qu'à se rhabiller !

25/01/2018

SCIENCES – PHYSIQUE

Plus vite que la lumière ?

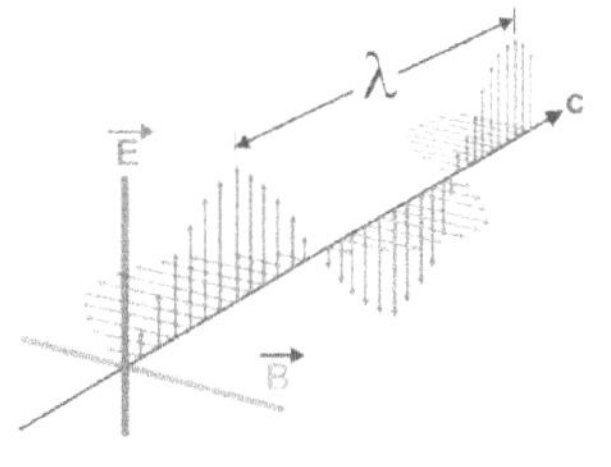

Non, il ne s'agit pas de lucky luke ! mais bien d'une hypothèse émise par l'équipe de Thorne, « l'inventeur » des « trous de ver ».

On le savait possible dans un milieu autre que le vide (effet Tcherenkov) mais pas, de toutes façons, au-delà de 299.792km/s selon Einstein et jamais démenti à ce jour.

Non, en fait, la lumière voyage bien à la vitesse c. Mais pas de façon constante. La lumière est une ONDE électromagnétique, ayant, comme toute onde, une certaine période.

Or, d'après l'hypothèse émise, la vitesse de la lumière varierait au cours d'une période, accélérant puis ralentissant.

La vitesse c ne serait que la moyenne, bref celle au moment d'un nœud de vibration (amplitude 0).

Ces accélérations et décélérations ne seraient que la conséquence des forces créées par le champ électromagnétique !

Reste à le prouver expérimentalement…

Euh, force de Coulomb, Lorentz, Faraday ? Je m'y perds…

27/01/2018

SOCIETE – CULTURE

Des sauces qui feront recette…

Disparition, hélas, récente, du « pape » de la cuisine, Paul Bocuse.

Pour lui rendre un ultime hommage, les plus grandes toques du monde se sont regroupées, sous l'égide de Michel Troisgros, pour créer une Fondation « Paul Bocuse ». C'est fait !

Et cette Fondation met en place un Prix international « Paul Bocuse » récompensant LA meilleure sauce au monde. Il est vrai que le grand Chef était justement réputé pour ses sauces, donc ce choix est logique.

Evidemment, pas d'effet rétroactif au moins pour l'instant : les fameuses sauces déjà existantes ne sont pas concernées (Béchamel, Régence, Chateaubriand,…).

Par contre, on y verra les beurres, les coulis, les émulsions, les roux, les réductions,…

Et les sauces ainsi labellisées pourront porter officiellement le nom de leur créateur même si ladite sauce n'est qu'une déclinaison, parfaitement réussie, d'une classique existante.

Bon, personnellement, avec mon bouillon-cube, je suis encore loin du compte !

30/01/2018

SCIENCES – PHYSIQUE

Elle est où la masse, elle est où ?

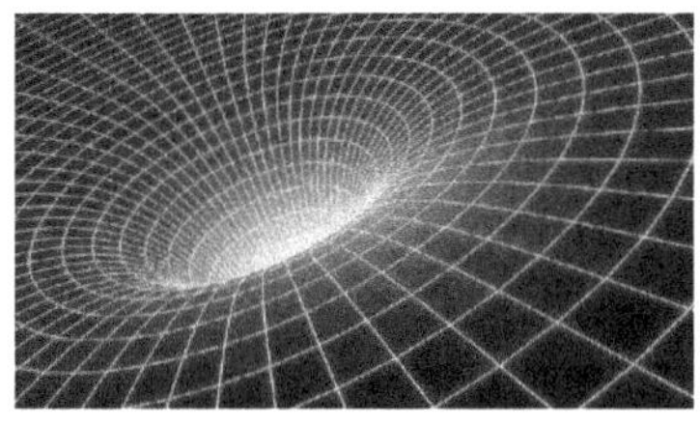

Einstein avait montré que la présence d'une masse déformait l'espace, donnant ainsi une autre interprétation de la gravitation que celle de Newton.

Bon, OK, mais alors la masse, c'est quoi ? Masse gravitationnelle ? Inertielle ? ou… ???

C'est là l'hypothèse étrange d'une équipe du Collège de France : la masse n'existerait pas en tant qu'entité spécifique : elle serait la déformation elle-même de l'espace-temps !

Disons même (si j'ai bien tout compris) que la masse révélerait un décalage dans le passé.

Imaginez l'univers comme une hyper sphère de dimension 4 dont le rayon serait le temps.

Et la masse serait comme une déformation de la surface de l'hyper sphère vers le centre, un genre de puit.

Bref, un retour vers le passé, un lieu où le temps s'écoulerait moins vite.

Bon, d'accord, mais alors, la matière noire, hein, qu'est-ce que vous en faites ??? Et l'énergie noire, non mais !...

01/02/2018

ECONOMIE – FRANCE

Reviendrait-on au 19ème siècle ?

Ca y est, c'est la reprise économique ! Enfin, depuis le temps qu'on était en crises économiques successives, depuis 1973… Et forte reprise, ressemblant étrangement au boom économique du 19ème siècle.

Et oui ! On passe d'une révolution économique à l'autre : de la révolution industrielle à la révolution numérique. Après être passé du secteur primaire (agriculture) au secondaire (industrie), nous voilà en plein dans le tertiaire.

Et, parallèlement, des énergies fossiles, liées au machinisme, aux énergies renouvelables à l'électricité.

La prédiction de Jean-Jacques Servan-Schreiber (le défi mondial 1980) se réalise : tout devient numérique, enfin presque (nous gardons notre attrait touristique et notre savoir-faire dans le haut-de-gamme).

Certes nous ne retournons pas au 19ème siècle, heureusement, mais nous sommes enfin partis pour une belle période de prospérité, de rayonnement, notamment en France, mais pas que…

Et nous passons du Paris Haussmannien au Grand Paris. Doit-on s'attendre à un « Troisième empire » ?...

03/02/2018

POLITIQUE – FRANCE

La Loi SRU modifiée

Et oui, certes gros effort pour faire déjà respecter cette loi initiale (article 55) : elle consiste à obliger les communes de plus de 3500 habitants à mettre en place au moins 20% de logements sociaux. Bon, en fait, c'est un peu plus complexe et diversifié que ça.

Mais il y a été constaté deux dérives :

D'une part, il y avait souvent concentration des logements sociaux en un ou plusieurs lieux de la commune. D'où maintenant l'obligation d'une dissémination (500 par « quartiers » de 2500 logements).

Mais aussi éviter l'excès inverse : limiter le nombre de logements sociaux à 25% maximum. Et là, il s'agit d'une grosse modification qui va toucher pas mal de communes, notamment en région parisienne mais pas seulement.

Cela devrait permettre de lutter contre l'appauvrissement des communes et l'augmentation des taxes locales.

Comme pour les communes riches, les maires des communes pauvres risquent de ne pas apprécier !? Mais non, je n'ai pas parlé de subventions et clientélisme !...

06/02/2018

SCIENCES – COSMOLOGIE

Il ne faut pas forcément un début à tout !

L'Univers débuta avec le Big-Bang. Bon, OK. Mais avant le Big-Bang, il y avait quoi ? Question quasiment métaphysique. Normalement donc rien ! Mais alors le temps s'écoulait-il ?

Et bien oui, comme des chercheurs de Université de Princeton en émettent l'hypothèse, rejoignant d'autres hypothèses (voir brèves précédentes).

En fait, le temps ne s'écoulerait pas de manière constante mais « s'accélèrerait », partant d'une « vitesse » presque nulle (asymptotique à 0) lors du Big-Bang alors que l'espace lui-même serait en expansion. Une hyper « bulle » de dimension 4 dont le rayon serait le temps et qui, partant d'un quasi point, grossirait de plus en plus vite !

Et c (vitesse de la lumière) restant constante, $c = D / T$ (mais, plus exactement $D = 2\pi c' T$ donc $c = 2\pi c'$). c' étant la constante de conversion entre les unités espace (m) et temps (s). Du coup, l'univers grandit… en accélérant !

Mais donc, c'est l'espace-temps lui-même qui « grandirait » tout en restant lui-même… Mouai…

Tout à fait compatible avec la Relativité Générale !?

08/02/2018

POLITIQUE – FRANCE

Plus de vignette Crit'air… ou presque !

Ces petits autocollants mis en place par Ségolène Royal alors Ministre de l'Environnement, n'avaient pas eu un grand succès. Seuls ceux de certaines grandes villes étaient véritablement concernés.

Mais il y avait problème : vous achetiez (et oui, c'était payant) en 2017, par exemple. Allez, vous aviez une voiture neuve, peu polluante et donc une vignette Verte. Super !

Mais 10 ans plus tard ? Toujours la même vignette verte ? Non sens…

Dorénavant, à partir de janvier prochain, lors de votre contrôle technique bisannuel obligatoire, ce sera votre attestation de contrôle technique que sera de la couleur appropriée !

Donc plus d'autocollant Crit'air spécifique, terminé !!!

Au moins, ce ne sera plus une catégorisation arbitraire, sans tenir compte du véritable état de votre véhicule !

Et la pollution sera bien celle effective, et non celle qu'affiche le constructeur…

Evidemment, vous ne pourrez rouler que si votre contrôle technique est OK.

10/02/2018

SCIENCES – PHYSIQUE

La lumière serait aussi une onde gravitationnelle ?

Comme déjà évoqué dans une précédente brève, selon le physicien Thorne, la vitesse de la lumière varierait au cours d'une période (période d'onde puisque c'est une onde).

En fait, cela va plus loin, d'après lui et selon son dernier article dans la revue « Sciences » : la lumière est, certes, une onde transversale (les vagues sur un plan d'eau) électromagnétique (donc sur 2 plans différents, perpendiculaires : électrique et magnétique) mais, en plus, lui serait associée une onde gravitationnelle longitudinale (comme le son, ou la déformation, qui se propagerait, d'un ressort) : c'est l'espace qui se déforme (se contracte puis se dilate alternativement) dans le sens du déplacement de l'onde lumineuse. D'où la variation, alors, de la vitesse normalement constante, qui s'accélèrerait puis ralentirait alternativement durant chaque période. Si la fréquence est la même que celle de l'onde électromagnétique, évidemment, l'amplitude de l'onde gravitationnelle mise en jeu est très faible et quasi indétectable mais directement liée à l'amplitude de l'onde électromagnétique.

Le photon ne serait-il pas un graviton qui s'ignore ?

13/02/2018

SOCIETE – FRANCE

Des films pour aborder la littérature au collège

Non, il ne s'agit là plus vraiment de l'opération « Collège au cinéma ».

Mais plus précisément, et donc différemment, d'aborder les grandes œuvres littéraires françaises dès la 6ème – qui feront l'objet d'études textuelles approfondies au lycée en préparation du « Bac de Français » de 1ère.

Et oui ! Les élèves visionneront, au cours de ce cycle, en cours de Français, la plupart des films tirés d'œuvres littéraires célèbres de grands auteurs, de préférence fidèles aux romans.

Pour l'instant, ce n'est qu'à l'état d'expérimentation dans certains collèges volontaires. Mais ce devrait être généralisé.

Certes, ça ne pourra couvrir l'intégralité de la littérature française car tout n'a pas fait l'objet de films.

Ca aura déjà l'intérêt de familiariser de manière plus agréable et de donner aux élèves une idée générale sur chaque œuvre et, qui sait, de les amener à lire…

Restera à négocier les droits auprès des producteurs…

15/02/2018

SOCIETE – FRANCE

Université : on délocalise !

Non, il ne s'agit pas de délocaliser à l'étranger mais de ne pas concentrer dans les universités elles-mêmes. Cela pour résoudre le manque de places disponibles.

Comment? En fait, simplement en utilisant Internet puisque nous sommes à l'ère du numérique !

Le mouvement a été lancé en 2012 par l'apparition des MOOC, des cours de toutes sortes donnés via Internet. Depuis, le système s'est perfectionné, profitant du développement informatique et Internet.

Là, on franchit une nouvelle étape en l'institutionnalisant.

En fait, dans la nouvelle réforme universitaire en cours, il est prévu 2 aspects par la mise en place de :

- « classes prépa » virtuelles permettant, comme son nom l'indique, de préparer les bacheliers à la filière qu'ils veulent suivre,
- Cours universitaires à distance, notamment pour ceux qui n'auraient pas pu avoir de places directement dans les locaux ou ayant difficultés d'accès ou logement.

Un certain J.J Servan-Schreiber s'en réjouirait…

17/02/2018

SCIENCES – ASTRONOMIE

Nous nous éloignons du Soleil !?

S'il y a actuellement réchauffement de la planète, c'est, hélas, nous le savons, à cause de l'activité humaine.

Mais en fait, le climat devrait se refroidir car nous nous éloignons du Soleil. Oh, vraiment tout doucement : ça se compte en millénaires voire plus !

Et oui, c'est la constatation faite par la sonde spatiale Hubble (c'était l'une de ses récentes missions), qui devrait être confirmée prochainement par la sonde James Webb Space Telescope. Les mesures, évidemment, sont extrêmement précises car le différentiel est quasi infinitésimal.

En fait, suite à ces fines observations, certaines planètes s'en rapprocheraient, comme Mercure, Vénus, Saturne et Uranus alors que d'autres s'en éloigneraient : la Terre, Mars, Jupiter et Neptune. D'ailleurs cela confirme certaines hypothèses tirées de la 3ème Loi de Kepler (mouvement des planètes). Mais aussi d'autres considérations théoriques plus récentes.

N'empêche que je sens que Kepler, Newton et Einstein vont se retourner dans leurs tombes…

20/02/2018

SOCIETE – NUMERIQUE

Omniprésence des tablettes numériques

De mon temps, nous racontions une histoire, le soir, aux enfants, pour qu'ils s'endorment.

De nos jours, point de présence humaine : on refile la tâche aux tablettes numériques !

Et oui : une dernière étude le montre bien : une majorité d'enfants, entre 3 et 7 ans, disposent d'une tablette numérique pour jouer, certes (et pas que des jeux éducatifs), mais aussi pour regarder et écouter des histoires avant de s'endormir.

Des applications et dessins animés ont été même commercialisés pour cela, avec bridage pour imposer l'activité : un sacré marché en perspective !

De préférence des contes classiques, histoire de donner bonne conscience aux parents.

Les parents, eux, peuvent alors se mettre devant la télé, jeux vidéo, ou activités de bureau.

Evidemment, des psychologues s'intéressent à cette dérive : ce moment de contact physique réel semble indispensable au développement de l'enfant.

Ah, heureusement qu'il y a encore les grands parents !

22/02/2018

SCIENCES – MEDECINE

Tu ne fais pas ton âge…

Nous savons dater des éléments datant de plusieurs millénaires voire plus grâce au Carbone 14. Nous savons définir l'âge d'un arbre grâce à son tronc. Mais, jusqu'à présent, difficile de connaitre précisément l'âge d'un être humain !?

Certes, nous pouvons différencier un bébé, un enfant, un adulte, un vieillard, mais dire « cette personne a 43 ans », c'était impossible, même avec certaines techniques comme l'examen des dents, du tissu osseux… Enfin, jusqu'à aujourd'hui.

Mais ça y est, c'est faisable, et relativement simplement, par un examen de l'ADN de la personne.

Ccla cst cn fait l'application technique des travaux du généticien américain Steve Horvath professeur à l'université de Californie (2013).

Et donc avec une personne vivante ! On extrait un peu d'ADN, on l'envoie en analyse et quelques jours plus tard, résultat. Utile pour la police et la Justice…

Il deviendra aisé, alors de savoir si tel migrant est majeur ou mineur.

24/02/2018

SCIENCES – PHYSIQUE

Quand la force centrifuge n'existe pas…

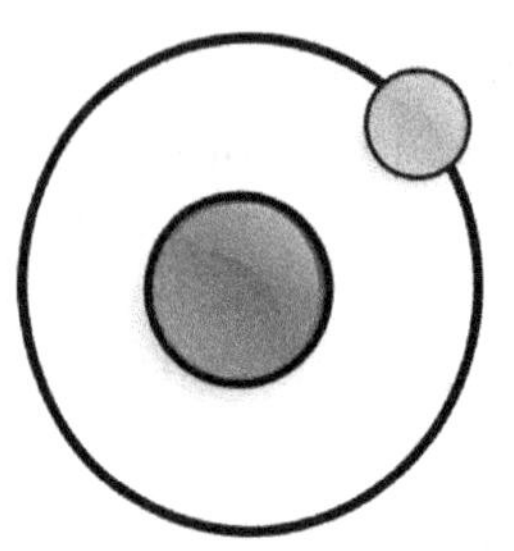

Simple « expérience de pensée » comme font souvent les chercheurs (ex : chat de Schrödinger, ascenseur d'Einstein) : et si la force centrifuge n'existait pas, que ce ne soit qu'un affaiblissement de la force de gravitation ?

Ou encore que la force centrifuge soit l'inverse de la force de gravitation qui ne serait qu'une force centripète ?

Bref, la force de gravitation serait alors due à un « champ de rotation » ! (comme la centrifuge mais négative).

Et oui : si un objet tourne à la vitesse de cette rotation, il ne subit plus cette gravitation car alors il est « immobile » (principe de la Relativité) par rapport à cette rotation gravitationnelle : ni attiré, ni repoussé ! On retrouve le $Ep=(3/5)GM^2/D=(1/2)MV^2$.

A imaginer donc le champ de gravitation comme une vitesse « potentielle » tangente et dégressive avec la distante ?

Bref, d'après Stephen Hawking, bien connu des astrophysiciens, un champ de gravitation ne serait qu'un champ de rotation !!!

Elémentaire, mon cher Watson !... Reste à le prouver…

27/02/2018

ECONOMIE – E-COMMERCE

Amazon n'est plus le leader du e-commerce

La société américaine Amazon avait réussi à devenir 1ère dans le e-commerce international. Les batailles furent rudes mais Amazon avait gagné, largement.

Sauf que… il restait les sites chinois…

Vous avez sûrement entendu parler d'Alibaba, peut-être pas de JD.com, Tencent /Wechat, et quelques autres mais ceux-ci sont surtout tounés vers le marché intérieur chinois.

Alors, c'est un autre qui a affronté le mastodonte américain : Wish. En fait, depuis qu'acheté par Alibaba pour contrecarrer l'alliance des autres.

Et ça a marché !!! Wish (donc l'ombre occidentale d'Alibaba) vient de dépasser Amazon sur le marché international, notamment « occidental ».

Et oui : certes e-commerce, mais il a su prendre racine en occident, par l'implantation de « zones de fret » et surtout par accords avec les grandes marques d'hypermarchés.

Plus fort encore : vous pouvez dorénavant acheter vêtements, maroquinerie et parfums, bref produits de luxe français… sur un site chinois !!!

01/03/2018

SOCIETE – FRANCE

Après le « Made in France », la ruralité est à l'honneur

Il semble y avoir aussi des modes dans les thèmes de communication, que ce soit publicitaires, économiques, politiques…

Dernièrement, vous l'aviez constaté, le « made in France » était l'argument porteur : c'était fabriqué en France, il fallait acheter français !!!

Et bien, nous assistons dorénavant à une inclinaison forte de ce thème vers… la ruralité ! La transition se fit via les préoccupations écologiques, de plus en plus en vogue à cause du réchauffement climatique.

Déjà, il fallait des circuits courts. Et la ruralité, c'est la campagne, donc la nature, le bio… Ah, la vie paisible, non stressante, l'air pur, la circulation fluide…!!!

Et la révolution numérique (Internet) s'y prête à merveille! Le télétravail, les livraisons à domicile ou dans boutiques de proximité,… Bref, vous l'entendrez souvent : vive la ruralité, la nature, l'humain, l'écologie…

Reste plus que la tradition : rétro, boulot, dodo…

03/03/2018

SCIENCES – ASTRONOMIE

Les rayons du soleil

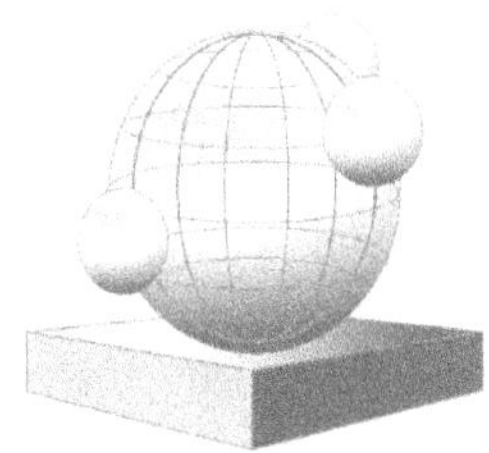

Le soleil est une sphère d'un rayon apparent de près de 700.000km.

Si c'était un trou noir de même masse, son rayon, dit de Schwarzschild, ne serait alors que d'à peine 3km.

Et, pour qu'une planète ne soit pas disloquée, il faut qu'elle soit à plus d'une certaine distance du soleil, appelée « limite de Roche », bref, un autre rayon !

Et bien voilà un 4ème qui vient d'être trouvé!!! De quoi s'agit-il ? En fait, il définit la distance « 0 » de l'éloignement des planètes ! Autrement appelé « Rayon de Massau » (je vous expliquerai…). C'est à partir de cette distance que peuvent être calculés les demi grands axes des orbites planétaires, disons la distancc au solcil. Approximativcmcnt, il vaut 31.700.000km pour le soleil.

Il suffit alors de multiplier ce « rayon 0 » par le « facteur de Massau » (environ 1,72 pour le soleil) pour retrouver successivement l'emplacement des différentes planètes, de 1 à 9 (et même plus), en comptant amas d'astéroïdes et planètes naines.

Diable, tout est organisé !!!

06/03/2018

SOCIETE – CULTURE

1ère Exposition d'Art Numérique

Certes, vous aviez déjà le Festival de l'Affiche et du Graphisme, le Mirage Festival, mieux, le Musée des Arts Décoratifs, Transmédiale à Berlin et quelques autres…

Ici, il s'agit d'une exposition, à la manière de celles dédiées à la peinture ou sculpture par exemple.

Mais consacrée à l'Art numérique et plus spécifiquement sur support plat, comme les peintures ou la photo.

Tout doit être conçu à partir ni de pinceaux, ni d'appareils photo mais de l'ordinateur ! Et le recours à la photo, comme Raoul Hausmann le faisait, ne peut y être qu'accessoire.

Bref, du numérique pur mais duquel on retire le support numérique lui-même : ce sont des impressions papier essentiellement. Et point d'interactivité…

On y retrouve évidemment Jean-Pierre Séguin, Christian Bessede et bien d'autres…

Elle aura lieu du 15 avril au 15 juin à l'Ecole des Arts Visuels et Médiatiques de l'Université du Québec à Montréal.

Peut-être l'Art d'aujourd'hui, qui sait… ?!

08/03/2018

ECONOMIE – SNCF

Un wagon TGV à vos petits soins

La SNCF avait mis le paquet sur les lignes TGV et ça fonctionne bien.

Mais il y a dorénavant ouverture à la concurrence européenne.

Donc il fallait faire encore plus, mais à moindre frais puisque l'option prioritaire est maintenant de rattraper le retard pris sur les lignes classiques, laissées quelque peu à l'abandon.

Il y avait notamment la Première Classe, Business Pro, le top, avec déjà des services particuliers en plus (accueil en gare, TV, Wifi, presse, bureau, photocopieur,…).

La SNCF a donc décidé d'offrir encore plus ! Désormais, il y aura un wagon entier réservé à d'autres services supplémentaires.

Ce seront coiffeur, manucure, massage, kiné, repassage même, et bien d'autres choses…

Bref, permettre aux professionnels de rentabiliser ce long temps de déplacement par ce qu'ils n'ont pas forcément le temps de faire sur leur temps libre.

Bon, pour les autres, en TER, ce sera rester debout aux heures de pointe.

10/03/2018

SCIENCES – ASTRONOMIE

Les planètes ne peuvent pas être n'importe où !

C'est une période où l'astronomie planétaire est en pleine effervescence. Et oui : depuis la surprise due à la découverte, enfin, de la 9ème planète, à partir de nouveaux calculs (Cf. brève précédente), la connaissance du système solaire est remise en question.

De plus, une nouvelle théorie donc semble affirmer que la répartition planétaire suit une règle supplémentaire à celles de la gravitation de Newton, des Lois de Kepler et même de la gravitation d'Einstein.

En fait, outre les lois définies ci-dessus, les planètes tendraient à suivre des trajectoires prédéfinies, à rejoindre des zones de stabilité. Le calcul de ces zones serait la conséquence d'une variante de l'équation de Roche où n'interviendrait que la racine cubique de l'astre central (déjà évoqué dans brève précédente) et le rayon de cet astre central (le soleil en l'occurrence).

Et d'où, aussi, la constatation de l'éloignement ou rapprochement au soleil des planètes : elles rejoignent leur zone.

Bon, j'arrête là car ça devient hard.

14/03/2018

SOCIETE – MEDIAS

Actualité Imaginaire source de poissons d'Avril

Ah, si je pouvais m'y attendre !? Mais, en fait, pourquoi pas ?!

Vous le savez, tous les 1er avril, les médias rivalisent d'ingéniosité pour trouver l'INFORMATION, crédible, évidemment, mais fausse, à fondre dans le flot de nouvelles afin de tromper, sympathiquement, les lecteurs, auditeurs, spectateurs…

Par la suite, la fausse nouvelle est dévoilée, heureusement. Mais en espérant avoir réussi à tromper un maximum de monde. C'est le seul cas où les fake news sont acceptables et bienvenues.

Et, justement, Actualité Imaginaire n'a que ça : des informations imaginaires, fictives mais trompeuses, si proches de la réalité, si plausibles… Et sous forme de brèves : l'idéal ! C'est sa raison d'être.

Alors, que les médias se servent, c'est même avec plaisir (mais peut-être qu'un jour, certaines s'avèreront vraies, qui sait ?!). Que nos deux mondes se rejoignent, à l'occasion.

Mais qu'ils pensent à citer la source : Actualité Imaginaire et son auteur…

15/03/2018

SOCIETE – MEDIA

Une application pour briller en société

Il existe déjà certains sites Internet, comme « Le Savoir Inutile », ou « EtaleTaCulture »,…

Et il arrive fréquemment, que, pour vérifier ou connaître une information, petit tour rapide sur moteur de recherche, de son smartphone,…

Dans cette nouvelle application de Google, « à propos de », spécifique (contrairement au moteur de recherche), la réponse est unique.

Lors d'une conversation sur un sujet, discrètement, vous tapez un mot ou une expression, sur le sujet de discussion en cours. Elle vous fournit un court paragraphe donnant l'essentiel (ce n'est pas Wikipédia) sur le sujet avec une petite anecdote en prime. Plus de problème alors pour intégrer l'échange entre convives, montrer votre intérêt et vos connaissances pour le domaine de l'autre.

Bref, vous faire remarquer et apprécier.

Evidemment, il faut faire attention aux homonymes…. « oui, chère madame, les serfs, actuellement, sont surtout en montagne, dans le sud de la France… ».

17/03/2018

SCIENCES – ASTRONOMIE

Et encore des planètes !

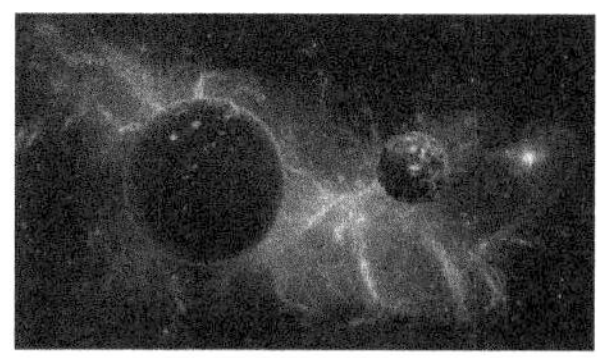

Décidément, ça chauffe côté astronomie !!! Nous avons déjà abordé plusieurs fois ce thème mais ça évolue constamment en ce moment... En fait, des doutes actuellement sur cette fameuse planète 9. Existe-t-elle vraiment, et où ???

Nouvelle hypothèse théorique : celle signalée précédemment, à 13 milliard de km, c'était donc en fait bêtement une planète naine déjà connue depuis 2003, Sedna ! OK. Et d'autres astres – petits – suivent, plus loin...

En fait, il faut compter les deux ceintures d'astéroïdes (l'astéroïde Cérès entre Mars et Jupiter, et Pluton dans la ceinture de Kuiper) comme des équivalents « planètes », disons astres gravitant. Et, d'après les mêmes calculs, il y aurait toute une série d'autres « planètes » au-delà (gros astéroïdes, naines,...), «remplaçant » cette fameuse planète « 9 », situées à plusieurs milliards de km : à 22 milliards puis à 38, puis 66, puis 113, bref, bien entre 30 et 180 milliards de kilomètres... Et ce sont ces « planètes » qui expliqueraient certaines perturbations constatées.

C'est pas sorcier, zut : vous multipliez par 1,72 à chaque fois !

20/03/2018

SOCIETE – SONDAGE

Les sondages influencent-ils les sondages ?

Tordue comme question, et pourtant…

Ce n'est pas la première fois que la question est posée, notamment à l'occasion d'élections (les dernières présidentielles en France par exemple).

Alors il fallait en avoir le cœur net. Une étude a donc été menée : 3 sondages simultanés sur des sujets d'importances différentes : grande (chômage), faible (implantation des éoliennes) et justement sur l'influence des sondages ! Puis les résultats ont été communiqués aux sondés avant une nouvelle vague de ces même 3 sondages.

Résultats : ce ne sont pas les mêmes d'une vague à l'autre ! Oh, là, vu le contexte, les différences sont plutôt faibles mais quand même significatives…

Les résultats sont confortés. Il y a accentuation des pourcentages : augmentation pour plus de 50%, diminution si moins de 50%.

Bref, effectivement, c'est maintenant prouvé, les sondages influencent bien les sondages, en fait l'opinion.

Ne serait-ce pas la base de la publicité ?

22/03/2018

POLITIQUE

Une tendance forte

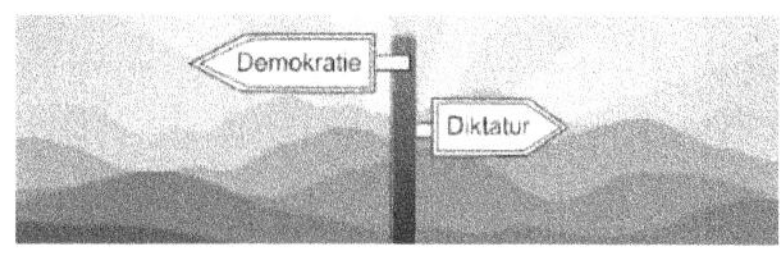

On avait remarqué la poussée de l'extrême droite dans nombre de pays européens, liée, en apparence, à des problèmes d'immigration et d'insécurité.

Mais aussi le développement, dans les « grands » pays, de régimes autoritaires et hégémoniques, comme en Russie ou en Chine.

De fait, beaucoup de démocraties – à l'origine – virent à de quasi dictatures.

En fait, cela semble plus une conséquence d'un lendemain de crise économique : celle de 2008 serait à mettre en parallèle avec 1929. On voit d'ici ce que cela peut donner…

Et, sans parler de complot, les dictatures tendent à bien s'entendre entre elles et à favoriser l'implantation d'autres dictatures ailleurs.

Le pire, est que les populations y sont même favorables ! Préférant la sécurité, la fierté de leurs origines, à la liberté et à la démocratie !? Et les « politiques » n'ont plus leur confiance. Ils veulent simplement vivre leur vie et qu'on les laisse tranquilles…

On est mal barré…

24/03/2018

SCIENCES – ASTROPHYSIQUE

Lorsque la lumière s'arrête…

On pensait qu'un trou noir engendrait une accélération gravitationnelle attirant tout de plus en plus vite, jusqu'à atteindre la vitesse de la lumière.

Mais la Relativité stipule que le temps se déforme à l'approche d'un trou noir.

Ainsi, de fait, la vitesse de la lumière y diminue… jusqu'à devenir quasi nulle.

De plus, l'énergie y devient de plus en plus grande.

On sait maintenant, grâce aux observations de la mission IXPE de la NASA, que ce double état de fait entraîne que l'onde lumineuse, à l'approche de ce qu'on appelle l'horizon d'un trou noir (sa « surface » en quelque sorte, à partir duquel rien ne peut plus échapper), se transforme en particules et antiparticules et que les antiparticules sont « absorbées » par le trou noir alors que les particules sont, elles, éjectées.

Cela explique enfin pourquoi il y a beaucoup plus de matière que d'antimatière dans l'univers, ce qu'on avait du mal à comprendre jusqu'alors.

Cela donne matière à réflexion…

27/03/2018

TECHNOLOGIE – ARTS

On sait maintenant retrouver le modèle à partir de la peinture

On connait, parfois, le modèle, bien réel, qui a servi à la création d'une peinture, que ce soit un personnage ou un paysage, car les connaissances historiques ou géographiques nous l'ont permis.

Cela est d'autant plus facile depuis l'apparition de la photographie et pour certains courants artistiques comme l'hyper-réalisme.

Mais lorsqu'il n'y avait que ce moyen de représentation, ou quand la patte de l'artiste transformait le sujet… ?

Une équipe de l'Ecole « e-artsup » le permet dorénavant !

Résultat troublant : on obtient une « photo ».

Rien ne permet de différencier, à l'œil nu, d'avec un véritable cliché ! Et le sujet est ainsi reconstitué, comme « pour de vrai »… paysage ou personnage.

Il est plus facile alors de situer les originaux : noms des lieux ou personnes.

C'est bizarre : ça ne marche pas pour Picasso, période cubiste ?! Pas au point !!!

29/03/2018

ECONOMIE – E-LEARNING

Après les tour-operators, voici Learning-Operator…

Vous connaissez, bien évidemment, les divers comparateurs, Tripadvisor ou Booking pour les voyages, Les Furets pour les assurances,… bref, les plateformes permettant, dans un domaine précis, de connaître les offres des différents prestataires.

Et bien ce système, immanquablement, est amené à se développer. Et donc c'est le cas pour la formation.

Il existait déjà des blogs d'aide au choix de formations, notamment à destination des entreprises, mais surtout consistant en conseils… Là, il s'agit bel et bien du regroupement, en un seul site, des offres de formations existantes. Beaucoup payantes, mais d'autres gratuites telles que les MOOCS.

Sinon, le principe est le même que pour les autres comparateurs : vous y retrouvez à peu près tout ce qu'on peut rechercher, avec ou non la validation de l'Etat et examen, la durée par semaine et totale, la qualification de base et obtenue, et les tarifs,…

Encore une plateforme qui sera rachetée par Google… !

31/03/2018

SCIENCES – PHYSIQUE

« c » n'est pas simplement la vitesse de la lumière...

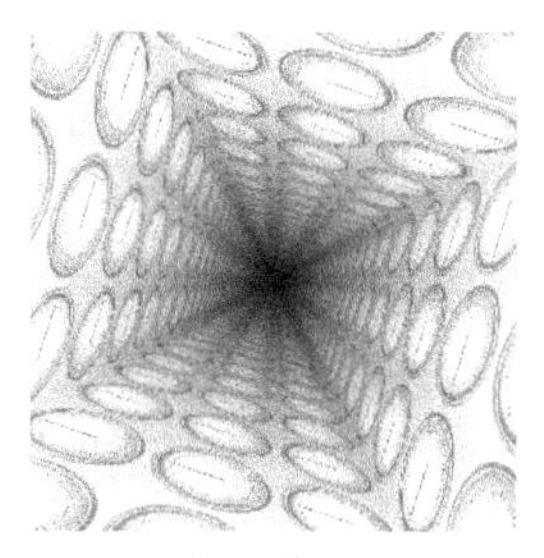

Vous le savez, la lumière se déplace à 299792458m/s dans le vide.

Même que cette mesure sert dorénavant à étalonner notre bon vieux mètre.

Cet étalonnage est significatif : « c » s'avère, en fait, être le facteur de « conversion » des secondes (le temps) en mètres (la distance).

Et si on s'en réfère à la Relativité, « c » peut être alors considéré comme le paramètre qui lie la déformation de l'espace au facteur temps.

De là à dire qu'une accélération (modification de la vitesse) est relatif à une variation de c... : plus c diminue, plus V (la vitesse d'un objet) augmente. Et donc que la gravitation, par exemple, caractérise simplement une zone où c varie.

C'est l'hypothèse émise par Bloch (American Journal of Physics). Un peu tordu comme raisonnement mais simple interprétation des principes Relativistes.

Bon, d'accord, mais ça avance à quoi ?...

03/04/2018

SCIENCES – PSYCHOLOGIE

Vivre la maladie

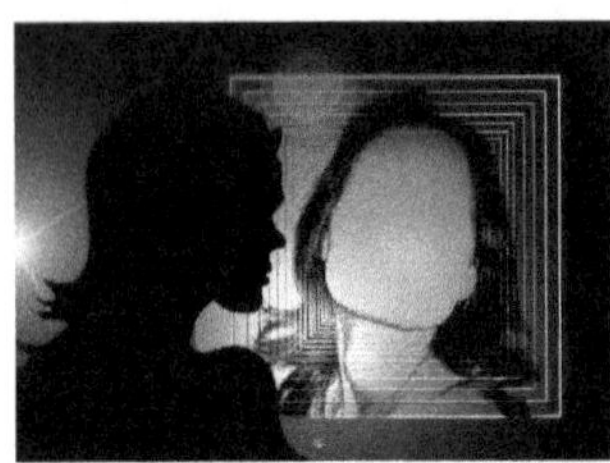

Le professeur Marie Leferrier, neuropsychologue de renom, a réalisé, dans le cadre de ses recherches, une bien troublante expérience.

En effet, elle était spécialiste de la schizophrénie et du dédoublement de la personnalité (ou trouble dissociatif de l'identité), 2 pathologies distinctes et pourtant proches.

… et il s'est avéré qu'elle était elle-même atteinte de schizophrénie (elle entendait des voies extérieures), une forme de psychose. Sa maladie s'est développée au départ à son insu. Mais, connaissant le domaine, elle a très vite repéré l'affection.

Elle aurait pu se soigner. Au contraire, elle s'est laissé aller, a plongé dans ce trouble psychiatrique pour mieux l'analyser.

Pour cela, elle s'est faite accompagner, c'est plus sûr.

Et sa « progression » a fait l'objet de notes, puis d'un livre « De l'intérieur » qui vient d'être publié.

Le professeur Leferrier vient d'être internée. Son ouvrage rencontre un grand intérêt dans la communauté scientifique.

Mais hélas à quel prix !!!

05/04/2018

SCIENCES – PSYCHOLOGIE

Le langage serait un frein pour la pensée

On imaginait l'inverse jusqu'à présent : le langage était considéré comme le support même de la pensée.

Eh bien, à en croire Vincent Bergeron (Université d'Ottawa), ce serait l'inverse !? Le langage freinerait la vitesse de raisonnement, obligerait le cerveau à passer par un intermédiaire dont il n'a pas besoin.

La véritable pensée passerait essentiellement par des images, voire même des sons, bref, des éléments que le cerveau maîtrise mieux, plus rapidement, car habitué à traiter des informations sensorielles. Alors la vitesse de traitement devient phénoménale. On le voit par les calculateurs prodiges et autres cas de supra-capacités qui disent bien passer par des images…

Et les grands découvreurs avouent avoir eu l'idée essentielle ainsi…

Cela rejoint certaines performances comme le « tir instinctif » à l'arc.

En fait, le langage n'est utile que pour communiquer entre humains, d'où la transcription nécessaire.

Un dessin vaut mieux qu'un long discours dit-on…

07/04/2018

SCIENCES – ASTRONOMIE

Les galaxies à anneaux seraient l'étape ultime de la vie des galaxies

Hubble avait établi une classification des galaxies, qu'il pensait correspondre à leur évolution, la fameuse « séquence de Hubble ». Mais cela avait été remis en cause.

Or, les scientifiques reviennent sur cette analyse : Hubble avait probablement raison…

Tout simplement par classement des galaxies par âge : les galaxies spirales (comme notre bonne vieille Voie Lactée) semblent être les plus récentes.

Et, dans cette classifications, quelques galaxies, fort jeunes, apparaissent : les galaxies à anneaux (allez, on dira un peu comme Saturne). De là à déduire qu'il s'agit de l'étape prochaine…

Surtout qu'il est question, pour l'explication des bras spiraux des galaxies, de « zones de densité », inexpliquées… sauf par la nouvelle théorie du champ de gravitation sinusoïdal. La matière aurait tendance à rejoindre ces zones concentriques, d'où passage par des moments intermédiaires : les bras spiraux !

Comme la formation des planètes ???

10/04/2018

SOCIETE – FRANCE

Et pour les agnostiques, on fait quoi ?

C'est en fait la question posée au CSA et reprise récemment au travers des réseaux sociaux.

Pourquoi ? En fait, le dimanche matin, sur France 2, chaîne publique, il y a une série d'émissions religieuses couvrant le bouddhisme, l'islam, le catholicisme et le judaïsme, les religions les plus pratiquées en France.

Et pour ceux qui sont incroyants, rien !?

Alors c'est fait ! Dorénavant, une émission supplémentaire sera proposée dans la nouvelle grille de programmes de la rentrée, consacrée à la philosophie !

Certes, la philosophie occidentale aura une large place mais pas que.

Evidemment, celles-ci ne devront en aucun cas parler de religions, ni de politique. Pas toujours facile…

Il y a là largement de quoi faire et très bienvenue au niveau éducatif et culturel.

Tiens, et une série d'émissions consacrées aux mouvements politiques, hein ? Pourquoi pas ? Que ce ne soit pas uniquement lors des périodes électorales…

12/04/2018

SCIENCES – MEDECINE

L'hépatite B à l'origine de la SEP ?

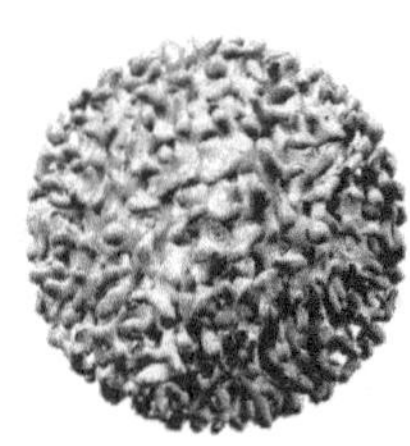

La sclérose en plaques (SEP pour les intimes), est une maladie auto-immune qui touche 2,3 millions de personnes dans le monde.

Et, même si des progrès dans le traitement apparaissent, on ne savait pas encore bien comment la guérir et à quoi elle était due.

La Cour Européenne avait pourtant, en juillet 2017, reconnu un lien ferme entre la SEP et le vaccin contre l'hépatite B.

Les récents travaux de l'ICM viennent d'établir ce qui semble être la cause effective de cette maladie : ce serait l'hépatite B elle-même.

En fait, les malades auraient été atteints, dans leur passé, par l'hépatite B.

A savoir que l'on peut en être affectée sans s'en rendre compte, sans que le diagnostic soit établi médicalement car, parfois, les symptômes passent quasi inaperçus : léger jaunissement des yeux, à peine visible, et c'est tout.

Rassurez-vous : point de risque de SEP par cirrhose alcoolique !

14/04/2018

SCIENCES – PHYSIQUE

Je rêvais d'un autre monde…

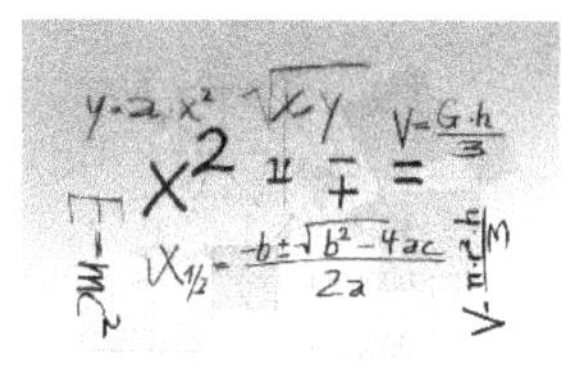

Solution originale… et peut-être un peu facile : les constantes physiques (vitesse de la lumière, constante de Planck,…), les limites infranchissables, ne sont valables que dans notre monde !

C'est l'hypothèse faite par le physicien Michio Kaku pour réconcilier les différentes théories physiques, Relativité, Mécanique Quantique, et pour permettre d'admettre que certaines limites soient, dans les faits, dépassées, comme le 0 absolue, la vitesse de la lumière,…

Bref, une constante devient variable, une limite est dépassée, et hop, on entre dans un nouveau monde, avec ses règles différentes, et voilà !

Et alors les théories peuvent cohabiter, ne sont plus exclusives.

Selon le domaine, tel ou tel principe est applicable, de la thermodynamique à l'électromagnétisme, en passant par la gravitation, les forces atomiques, les trous noirs, et plein d'autres petites choses merveilleuses.

Elle est pas belle la vie : il suffit d'un peu d'imagination. Qui disait « Il est interdit d'interdire »… ?

17/04/2018

TECHNOLOGIE – MEDIAS

La fin de la télé ?

Les habitudes évoluent.

Et notamment en ce qui concerne les médias.

Dire que c'est la fin de la télé, non, mais… En fait, les dernières enquêtes, type Médiamétrie, révèlent une évolution semblable à celle constatée pour d'autres médias, comme les journaux, les livres, la radio même, qui existent toujours mais dont l'usage a diminué.

Encore un effet d'Internet et du numérique : les podcasts, replays, tablettes, Netflix, streamings et autres YouTube, ont de plus en plus de succès d'audiences.

Le « téléspectateur », maintenant, veut du sur-mesure.

Des films, des séries, mais aussi des reportages, des documentaires, des informations, selon son bon plaisir.

Le coup de grâce a été donné lorsque BFM-TV a rendu possible les bulletins d'information à la demande, garantis de moins de 3 heures.

Et l'apparition de « TV One, la TV à la demande ».

Fini le « y a quoi, ce soir, à la télé » ?

19/04/2018

TECHNOLOGIE – GENETIQUE

L'esthégénique, vous connaissez ?

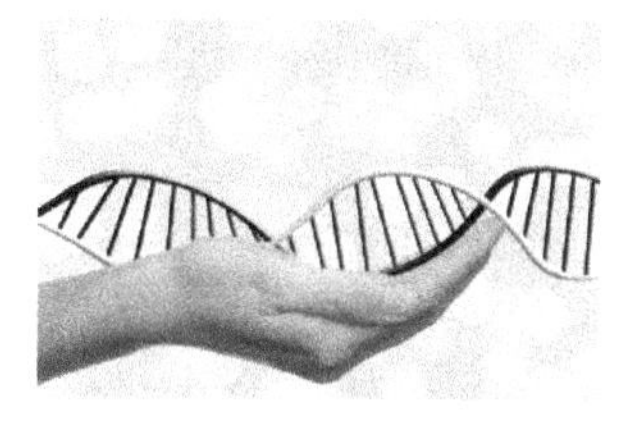

Coloration des cheveux, lentilles, faux cils, UV, crèmes, chirurgie esthétique… toutes ces petites transformations pour être plus belles, ou différentes… Mais souvent, c'est du provisoire car de l'artificiel. Alors, si on pouvait obtenir ces modifications de manière pérenne, et « naturellement »…

C'est ce qui se développe, avec succès, notamment dans certains pays de l'Est Européen.

Evidemment, car c'est interdit en France. Pourquoi ? En fait, il s'agit de transformations génétiques. Les techniques commencent à être au point mais c'est totalement en contradiction avec la bioéthique donc interdit chez nous.

A remarquer quand même que cela demande de la patience car, contrairement aux « maquillages », l'effet n'apparaît qu'après quelques mois.

Modification d'ADN, implantation de cellules souche, sont les techniques mises en jeu ici d'où le terme d'esthégénique. Du « génie génétique » ?

Des améliorations cérébrales chez celles et ceux qui ont recours à ces méthodes, ne serait-ce pas une bonne application ?

22/04/2018

SCIENCES – PHYSIQUE

Un univers à deux vitesses

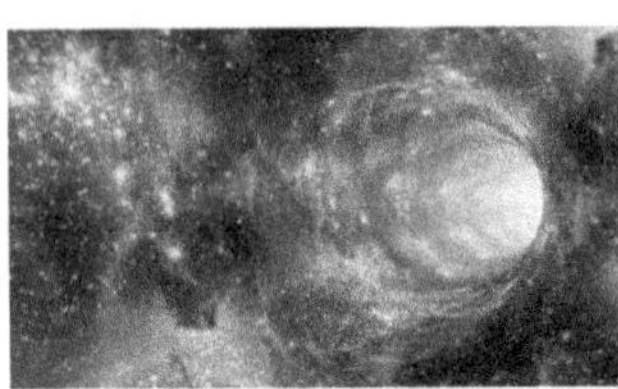

Nous avions déjà évoqué cela dans une brève précédente.

Indirectement, vous les connaissez déjà : la force de gravitation (exemple : le poids) et la force centrifuge (un objet qui tournoie). Bon, dorénavant, il semblerait qu'il ne faille plus parler de force (ou d'énergie potentielle) mais de champs de vitesses, voire donc même d'accélération puisque, cette vitesse varie en fonction de la distance au centre.

Et donc, hypothèse et conclusion du physicien KIM YONG-UNG, dans la revue Sciences, il y aurait deux champs de vitesses, toujours perpendiculaires, donc la « somme » (en fait de sinus, cosinus mais n'entrons pas dans les détails) serait toujours égales à c (vitesse de la lumière).

Ainsi, dans un système (pesant) centré, on retrouve une vitesse tangentielle qui augmente en se rapprochant du centre mais la vitesse de la lumière, elle, qui diminue lorsqu'elle est radiale et allant vers le centre de masse.…

Bref, plus l'une serait grande, plus l'autre serait petite.

Et la vitesse d'un objet qui tombe, hein, qu'en fait-on ?...

24/04/2018

SOCIETE – ENVIRONNEMENT

De moins en moins de mégots à terre

Et oui, c'est une constatation surprenante mais, au fond, tout à fait logique : on assiste à une baisse progressive mais notable de la quantité de mégots jonchant le sol !

Bien sûr, dans nombre d'espaces publics, il est désormais interdit de fumer, ne serait-ce que sur les quais de gare, donc pas de mégots.

Mais cette raréfaction touche dorénavant également les trottoirs par exemple. Cela a tout bêtement été constaté par les services de nettoiement.

Alors, pourquoi ? Hein ? Rien d'étonnant : non, ce n'est pas une prise de conscience et comportement citoyen et écologique, c'est simplement lié au développement de l'usage de la e-cigarette. Avec l'augmentation massive du prix du tabac, les fumeurs se rabattent sur la vapoteuse, bien moins onéreuse et nocive ! Même les cendriers se remplissent difficilement.

Bon, maintenant, va falloir trouver une solution équivalente pour les chewing-gums, les canettes et bouteilles en plastique…

26/04/2018

SOCIETE – LITTERATURE

Est-ce du plagiat littéraire ?

Nouvelle collection lancée très récemment par les Editions Diagonale : «grandes œuvres d'aujourd'hui». Mais ne vous y trompez pas : il ne s'agit pas d'auteurs contemporains de renoms. Non, les auteurs en sont d'ailleurs, généralement quasi inconnus.

En fait, sont repris effectivement de grandes œuvres littéraires, mais de plus d'un siècle, car alors dans le domaine public. D'ailleurs ce sont des écrits de toutes époques, les «classiques»…

L'originalité de ces romans – en général – c'est qu'ils sont réécrits dans un environnement contemporain : les lieux, les contextes, les personnages, le langage même, sont ceux d'aujourd'hui. Sinon, les intrigues, les situations, les dialogues, au niveau sémantique, sont les mêmes que dans les originaux.

Bref, une simple « traduction » en quelques sortes.

Cela ne concerne pas les romans historiques, ni la poésie, par exemple. Mais le résultat est étrangement correct.

Vous imaginez la levée de boucliers dans les hautes instances littéraires…

28/04/2018

SCIENCES – ASTROPHYSIQUE

Lorsque la gravitation fait des ondes…

Je sais, c'est dans l'air du temps, mais je ne vais pas vous parler d'ondes gravitationnelles.

Vous le savez sans doute, des théories de physique, ça poussent comme des champignons, il y en a plein, il en apparaît presque tous les jours (j'exagère). Mais encore faut-il qu'elles prévoient quelque chose qu'on puisse observer.

Là, disons qu'il s'agit pour l'instant d'un domaine particulier que nous avions déjà évoqué dans nos colonnes : la répartition planétaire ou, plus généralement, celle d'objets en orbite autour d'un corps massif.

On croyait ces orbites relativement aléatoires. Point du tout ! Elles suivcnt unc structurc définic corrcspondant à dcs zoncs dc champ gravitationnel. Les planètes tendent à se stabiliser à des distances précises, en progression logarithmique à partir d'une distance 0.

Et on retrouve des éléments déjà connus comme la limite de Roche ou la sphère de Hill.

Théorie ondulatoire gravitationnelle : vers celle du champ unitaire ? On en reparlera, c'est sûr !

01/05/2018

SOCIETE – SOCIAL

Un plan « Robots » contre les grèves ?

Réaction vive des syndicats à l'annonce gouvernementale sur le développement de la robotique.

Il est vrai que c'est un secteur d'avenir pour l'économie, autant pour cette branche elle-même promise à un fort développement, que pour une baisse des coûts de production.

Cela devrait permettre d'éviter les délocalisations et de trop faciles transferts de technologie.

Mais, là où le bât blesse, c'est que la SNCF, annonce aussitôt qu'elle est prête à s'engager sans tarder dans un vaste plan de robotisation. Evidemment, vous voyez qui sera remplacé, entre autres : les conducteurs et contrôleurs ! Ainsi, plus de problèmes en cas de mouvements de grève…

La voie avait déjà été montrée par la RATP, sur la ligne 14, entièrement automatisée.

Et, même s'il faudra du monde pour concevoir et entretenir ces « machines humaines », le chômage non qualifié risque d'augmenter.

A quand un robot pilote d'avion ou contrôleur aérien ?

03/05/2018

ECONOMIE

La corruption comme droit coutumier

La lutte contre la corruption se manifeste dans tous les pays… parce qu'elle existe, hélas, partout. Et à tout niveau : des grands contrats internationaux aux petits billets glissés dans un passeport.

Faiblesse humaine. Alors comment faire ?

Il est simplement nécessaire, voire obligatoire, de l'intégrer.

Ce sont les conclusions d'un rapport du grand économiste Klitgaard !

En fait, dans nombre de contrées, cela fait même partie des coutumes. Une transaction, un service, n'est pas imaginable sans un «bakchich», cela fait partie du protocole. Il faut en passer par là si on veut que la négociation aboutisse. On trouve cela, ouvertement, en Chine, Russie, Afrique. Plus discrètement en Europe ou aux Etats-Unis.

Bref, cet expert dit que cette composante est normale et qu'il faut faire avec. Mieux, que cela ne doit plus être condamnable car « inscrit » dans le droit coutumier, tout comme le marchandage…

Mais ça passe mal en politique…

05/05/18

SCIENCES – PHYSIQUE

La notion de masse a fait son temps

Nous avions déjà évoqué cela lors d'un article précédent (« Elle est où la masse, elle est où ? »).

L'idée du Collège de France a, depuis été précisée, et de manière spectaculaire !

En fait, la formule est simple : $\rho = 3/8\pi GT^2$. Vous m'en direz tant !?

G est la constante de gravitation, ρ est la masse volumique, T est le temps, depuis l'origine (Big Bang) jusqu'à un temps antérieur au nôtre (passé).

Bref, la masse (ou plutôt la masse volumique) correspond à l'inverse du carré d'un temps.

J'explique : une masse ne serait que l'expression d'un décalage dans le passé (un trou ou plutôt un renfoncement, vers le centre, de la surface de l'hyper sphère spatio-temporelle dont le temps est le rayon depuis l'origine, l'espace en est sa surface 3D). Plus ce décalage serait important (T plus petit depuis l'origine), plus la masse serait grande (enfin, la masse volumique).

Bon, une aspirine. Nous verrons ultérieurement les conséquences…

26/10/2018

ECONOMIE – FRANCE

Finis les chèques en bois !

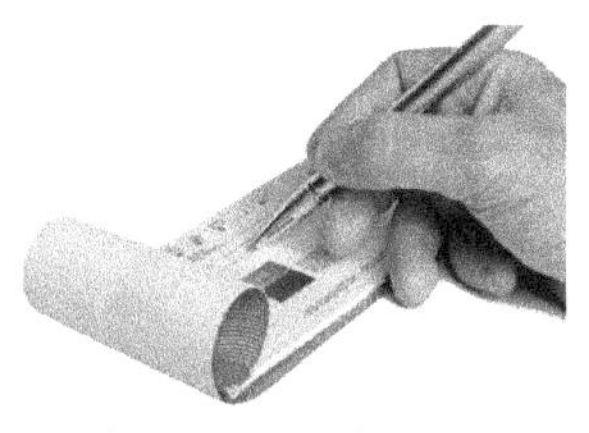

Oui, Finis les chèques en bois… car finis les chèques, tout simplement !

Décision gouvernementale, après concertation avec les banques : les chèques ne devront plus exister, disons être émis, après le 1er janvier prochain.

Il faut bien reconnaître que cela était devenu une exception française. Certes la Grande Bretagne (origine de l'invention du chèque), l'Italie, Malte ou Chypre, continuent à l'utiliser dans une proportion nettement moindre, mais l'Europe du Nord (Belgique, Suède, Allemagne,…) l'a déjà abandonné.

Et c'était plus ou moins une directive européenne, au moins une recommandation. Bref, place au paiement électroniquc dorénavant : cartc bleue, paiement Internet, virement, et toujours – pour l'instant – numéraire. Le traitement des opérations reviendra moins cher aux banques, mais entrainera quelques désagréments aux usagers, comme les chèques de caution ou garantie, sans emprunte bancaire, et l'obligation, pour les prestataires, de disposer d'un terminal.

Toutes façons, c'était de plus en plus refusé chez les commerçants, alors… !

30/10/2018

POLITIQUE – FRANCE

Une écologie d'extrême droite?

L'inspiration semble venir d'Autriche suite à un récent duel présidentiel : cumuler conservatisme et écologie.

C'est la voie que semble prendre « Nature & Tradition ». Non, il ne s'agit pas d'une erreur, « Chasse, Pêche,… » en a disparu afin de pouvoir en étendre l'électorat.

Il s'avère que ce sont les deux grandes préoccupations du moment en France (et ailleurs), le changement climatique et les problèmes d'immigration et de mondialisation.

Donc, on se tourne vers l'écologie, la protection de la nature, mais aussi vers le produire français, rester français, pour sauver notre économie et notre culture.

Et ainsi, l'électeur moyen peut avoir, en plus, bonne conscience : ce n'est plus l'extrême droite classique, marquée comme dangereuse, ni l'écologie verte groupusculaire et divisée mais un parti relativement ancien, intégré, qui peut susciter l'espoir.

Ces partisans comptent là-dessus et se préparent aux prochaines échéances électorales.

Reste maintenant à aller à la chasse, à la pêche aux voix…

01/11/2018

SCIENCE – PHYSIQUE

Une notion de temps bien carrée !

Je vous l'avais dit, j'y reviens donc. Cela n'intéressera peut-être que les mordus.

Donc, le Collège de France pose que la matière (la masse) est en fait une expression de la 4ème dimension, le Temps.

D'ailleurs, on retrouve dans la formule donnée ($\rho = 3/8\pi GT^2$) une équation semblable à celle de Friedmann-Lemaître (Relativité Générale). Mais, là, associée à une situation locale et non à l'Univers dans son ensemble.

Donc la masse (volumique) est liée au temps. OK. Nous dirons plus exactement à T^2. Cela peut être interprété comme le fait que cette 4ème dimension se singularise justement car au carré. Donc différente des 3 autres (notre espace) et toujours positive, avec un « sens » forcé. Je ne parlerai pas ici des aspects scalaire et Imaginaire (au sens mathématique, non d'Actualité).

Mais, d'après les bruits de couloirs, cela irait plus loin et pourrait expliquer l'expansion accélérée de l'Univers !?... Paraîtrait que la vitesse de la lumière elle-même accélèrerait, avec le temps et donc une masse volumique qui diminue.

Révolutionnaire : lier masses et 1/G ! (on réfléchit…).

03/11/2018

SOCIETE – ECOLOGIE

Tiens, voilà du boudin…

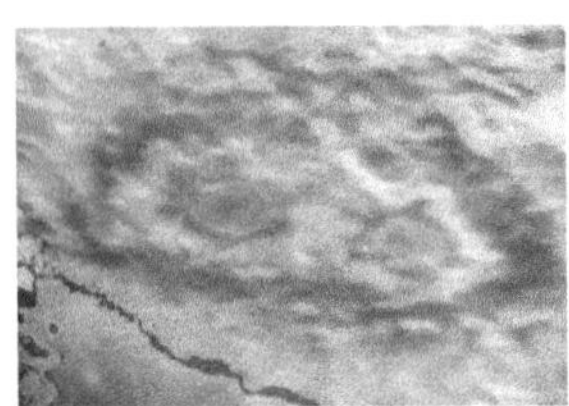

La solution commence à se répandre. De quoi s'agit-il ?

Suite à la dernière, pourtant petite, marée noire, qui avait touché la Côte d'Azur, les autorités de la ville de Fréjus, mais aussi du département du Var et de la Région « PACA » avaient décidé de prendre les grands moyens.

Pour cela, un premier plan de pose de boudins PERMANENTS, à 1km des côtes, fût décidé afin de protéger le littoral de la ville et ses alentours maritimes. Ce qui fût fait !

Efficace et rentable, en fin de comptes, nettoyage facilité, pas de gêne touristique, pas de dégâts écologiques. Bref, parfait !

Du coup, ce premier ballon d'essai va être généralisé sur toute la Côte d'Azur. D'abord le Var, puis Les Alpes Maritimes, enfin les Bouchers du Rhône. Un gros investissement hélas nécessaire.

Et déjà d'autres plages commencent également à envisager cette solution. Bretagne, côte atlantique, notamment…

Peut-être ces boudins deviendront-il noir un jour, mais ce sera aux petits oignons…

06/11/2018

SOCIETE

Des noms significatifs

Tout le monde sait que beaucoup de noms de famille ont une signification, même quasiment tous, mais certains plus clairement que d'autres. Leblond, Johnson (fils de John), Benali (fils d'Ali), Delaville, Letourneur, vous connaissez sûrement des gens dont le nom…

Des fois, c'est moins évident, d'où le succès des officines qui vous donnent l'origine étymologique de votre nom.

L'étude vient d'être faite à propos de personnages célèbres, afin de voir si, à postériori, leurs marques, dans leur domaine, n'avait pas une résonnance, déjà, dans leurs noms. Bref si, d'une certaine manière, ils n'étaient pas prédestinés.

En fait, il s'agit pour l'instant d'une simple thèse estudiantine à l'Université de Paris 2. Et les étymologies y sont quelque peu bousculées.

Bref, imaginez par exemple pour la gravitation : Newton pour Nouvelle tonne, Einstein pour Une pierre… Peut-être bientôt une nouvelle théorie de la gravitation par un génie dont le nom contient Masse ou Grave !?

Mais avouez, la théorie de l'électromagnétisme était super bien, non ? Max Well…

08/11/2018

SCIENCES – PHYSIQUE

Le 3ème état de la lumière

Non, ce n'est pas une faute de frappe : « lumière » et non « matière ». Donc pas gazeux, liquide solide, mais… ondulatoire, corpusculaire… et champ. Puisqu'il n'y a pas d'adjectif adapté, nous dirons « interactif ».

C'est la nouvelle notion en vogue chez les physiciens, donc nous devions vous le dire, pour que vous restiez à la pointe de la culture scientifique comme se donne pour mission, entre autres, notre revue.

Bon, allez, on vous en dit plus.

La lumière, ce peut être un flux de photons (particules), mais aussi une onde électromagnétique (comme les ondes radio), voire même, d'ailleurs, une simple trajectoire rectiligne (optique). Mais elle est maintenant considérée, dans certaines circonstances, comme un ensemble de champs stables : électrique, magnétique, gravitationnel, tous en liaison avec une déclinaison temporelle, vitesse ou accélération. Et ce, lorsqu'elle tourne sur elle-même…

Oui, je sais, c'est un peu obscur, surtout lorsqu'il s'agit de lumière.

Nous y reviendrons à propos d'une expérimentation menée au CERN…

10/11/2018

SOCIETE – INTERNET

Enfin un site pour les auteurs !

Ah, il en existe déjà plein, des sites où vous pouvez vous autoéditer, avoir aide, conseils et même outils pour créer vos propres ouvrages, ebook ou livres imprimés ! Et ça vous les diffuse!

Bon, moyennant finance, d'une manière ou d'une autre, évidemment, soit par facture, abonnement, soit par pourcentage sur les ventes ou exclusivité.

D'un autre côté, il restait toujours le problème du dépôt légal : en effet, la BnF faisait, pour ce faire, explorer un « robot » qui repérait les parutions électroniques. Procédure très aléatoire… et pourtant dépôt obligatoire !?

La solution a été mise en place par la BnF elle-même : un site est maintenant dédié au dépôt en accès libre, et gratuit, de vos ebooks, en consultation ou téléchargement, et en plus avec une version spéciale « éditeurs » pour soumission.

En fait, l'accès y est restreint à la BnF tant que le dépôt légal n'est pas enregistré, puis devient public. Vous pouvez alors l'en retirer.

Enfin ?! Vais pouvoir enfin l'avoir, mon dépôt légal !

13/11/2018

SOCIETE – INTERNET

On trouve tout sur Internet !

… ou presque ! Et, lorsque vous ne trouvez pas, vous faites quoi ???

Et bien vous le signalez, tout simplement. Et ce, sur un nouveau site : jechercheca.com

Alors 2 choses possibles :

- Soit vous avez mal cherché, la réponse à votre demande est mal référencée… et ceux concernés vous signalent où est la réponse,
- Soit cela donne idée à une start-up qui s'empresse alors de créer un site vous apportant ce service !

Tout le monde y est gagnant : ceux qui recherchent, ceux qui font connaître leur site, et d'autres qui auront pu ou pourront alors disposer de ce nouveau service.

Evidemment, cela concerne essentiellement les services et ne demandez pas l'impossible…

Vous vous doutez quelle société a mis ce site en place ? Google, évidemment !

On vous le dit : votre ami Google peut tout trouver pour vous, même ce qui n'existe pas encore !!!

15/11/2018

SCIENCES – PHYSIQUE

Et pourtant, elle tourne !

Je vous avais dit que j'y reviendrai : le 3ème état de la lumière....

En fait, tout a commencé par une « expérience de pensée » : et si la lumière tournait sur elle-même, qu'est-ce qu'il se passerait ? Evidemment, les conséquences dépendent de la fréquence, donc de l'énergie, du rayon de rotation, et – peut-être – de la polarisation ou non. L'idée est que cela créerait des champs stables au centre de rotation.

L'expérience, réelle cette fois, a été menée au CERN, lieu qui, techniquement, était le plus adapté. Et donc avec un système de mesures des champs électrique, magnétique et gravitationnel au centre de rotation. Pas évident car les énergies doivent être colossales, les rayons le plus petit possible et la détection infinitésimale.

Et les 1ers résultats sont tombés : il y a bien eu détection des 3 champs ! Faibles mais significatifs. Un peu comme s'il y avait création de particules !!! Mais cela va plus loin : champs sinusoïdaux stables…

… et des réactions disons « brutales ». On n'en sait pas plus !?

La matière équivaudrait à de la lumière en rotation ???!!!

17/11/2018

SOCIETE – INTERNET

Mot de passe-partout

On vous en demande souvent des identifiants et mots de passe. Et, avouez-le, vous auriez tendance à utiliser toujours le même mot de passe, non ? C'est si pratique, n'en retenir qu'un…

C'est ce constat que prennent certains arnaqueurs. Alors… ?

Alors, ils vous proposent un site alléchant, bonnes affaires, bons plans… Rien à payer d'emblée : vous adhérez, simplement. Donc vous vous créez un compte : identifiant, mot de passe et c'est tout !

Sauf que, sauf que : ces éléments sont alors utilisés sur plein d'autres sites, par robots, de nos hackers, et certains de ceux-ci, vous y êtes également, et vous y avez mis plein d'autres renseignements, notamment bancaires.

Et voilà ! Le piège se referme. L'escroquerie est en place, sans effraction, comme si vous donniez vos clés à un inconnu qui en fait un double.

Et là, les assurances ne marchent pas, en plus !

Bref, MEFIANCE. Changez de mot de passe pour chaque site (et notez-le).

Et, pour éviter un Kaas, le mot de passe, ce sera pas « nous ».

20/11/2018

SOCIETE – AUTOMOBILE

GPS obligatoire

Oui, ça vient de passer : décision gouvernementale. Quelle drôle d'idée ?!

En fait, en un premier temps, il y aura obligation d'équipement de tous les véhicules neufs d'un système GPS. Vous me direz que c'est déjà, de fait, le cas et c'est pas faux. Mais cohérent avec l'obligation.

Puis, cette obligation devrait être généralisée à tous les véhicules, même anciens.

Alors pourquoi ? Quel intérêt ? Allez, cherchez un peu, devinez…

De fait, le GPS vous permet de vous orienter, de prendre la bonne direction. Et vous faisiez comment avant ? Avec les panneaux indicateurs !

Et les panneaux de limitation de vitesse ? Idem ! Imaginez le coût du changement de tous les panneaux lorsque le Gouvernement décide de modifier la vitesse.

Et voilà, vous avez tout compris : en arriver à remplacer toute la signalétique routière. Bon, les GPS devraient être complétés par les autres panneaux : Stop etc.

Un gain énorme pour les Services Publics !...

22/11/18

SCIENCES – PHYSIQUE

Comme une bulle de savon

Et oui, encore de la physique. Désolé mais c'est, ces jours-ci, le colloque international annuel de l'IAP (Institut d'Astrophysique de Paris) et qui durera une semaine ! Bah, ça va être l'occasion, pour nous, de faire le point sur diverses informations dont nous nous étions fait l'écho. D'ailleurs, ce colloque lui-même est consacré à l'exposé de la façon dont les scientifiques conçoivent l'univers aujourd'hui.

1ère journée consacrée à la cosmologie. Pour que vous soyez au fait, résumons ce que serait l'univers d'après ces braves gens :

L'univers est une hyper sphère dont le rayon est le carré du temps et la « surface » est notre espace à 3 dimensions. Le carré du temps donne une dimension scalaire / imaginaire (i) à celui-ci et un sens obligatoire « positif » qui la différencie des dimensions spatiales.

A l'origine (Big-Bang), T est infiniment proche de 0 (asymptotique). L'espace est infiniment petit. La densité d'espace est infiniment grande. La vitesse de la lumière est proche de 0. La tension de l'espace est quasi nulle. L'univers est donc en expansion accélérée selon la progression du temps (T^2). La lumière suit cette accélération.

Et oui : l'univers a toujours existé ! Petit, petit, petit… à l'origine, vu par nous maintenant, mais pas pour ceux de l'époque !... ☺

24/11/2018

SOCIETE – FRANCE

Handicapés temporaires

Gare à vous, si vous stationnez sur une place « handicapé » alors que vous n'en avez pas le macaron ni le justificatif : ce sera 135€ d'amende !

Oui mais voilà : et lorsque vous venez d'avoir un accident, que vous avez besoin, provisoirement, de béquilles pour vous déplacer ? Là, rien n'est prévu ! Point de carte, de vignette, d'attestation... Allez, comme tout le monde, au fin fond du parking !!!

En fait, sachez-le, plus maintenant.

Un décret vient de paraître permettant à votre médecin de vous délivrer le justificatif qui va bien : statut handicapé temporaire nominatif daté, accompagné de la vignette idoine, pour la voiture et vous pouvez même vous faire faire une carte type identité, avec photo.

Et c'est même valable pour obtenir un transport VSL en cas de RV médical.

Evidemment, c'est utilisable aussi pour les caisses en magasins, les files d'attentes, les places dans les transports en commun, etc. et, bien sûr, pour les femmes enceintes.

Il était temps : revenir des sports d'hiver, la jambe dans le plâtre, et devoir marcher, c'est casse-pied !...

27/11/2018

SOCIETE – FRANCE

La folie du scooter électrique

Transition écologique oblige, et suite à amendement, souvenez-vous, la prime à la conversion des vieux véhicules a été élargie aux deux roues. Disons qu'on se débarrasse d'une guimbarde à 4 roues pour acquérir un « deux roues » autopropulsé, hors vélo électrique. C'était anecdotique, marginal, au début car, s'ils existaient, ils étaient très très minoritaires sur le marché.

Et vous pouvez le constater vous-même, ce qui a été confirmé par une enquête récente : pour les véhicules électriques, il se vend dorénavant plus de scooters que de voitures.

L'explication en est simple : pour les petits trajets (jusqu'à 15km), les plus courants, le scooter est le plus adapté.

Pourquoi ?: Le coût à l'achat correspond, à peu près, au montant de la prime. La consommation est moindre ainsi que le coût de l'entretien. Le scooter se joue des bouchons. Facilité pour le stationnement.

Bon, vous passez 10mn pour combinaison et casque et attention à la coiffure…

Bref, de nos jours, on se croirait presque à Bali ou autres villes du sud-est asiatique ou d'Inde, alors qu'à Paris, Lyon, Marseille.

29/11/2018

SCIENCES – MATHEMATIQUES

On se concentre…

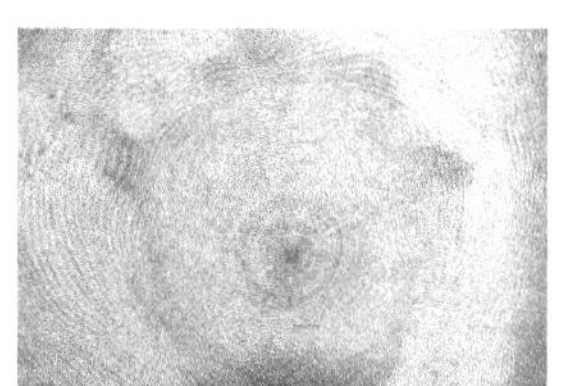

Notre rubrique Sciences, cette semaine, ce sera Mathématiques ! Ca plaît toujours, surtout quand il s'agit de géométrie (non ?).

En géométrie, on mesure, on a des points, des courbes, des volumes, mais, en général, dans un repère euclidien orthonormé (je sais, je deviens impoli…). Rassurez-vous, je ne parlerai pas d'espace de Hilbert, quoique…

En fait, il s'agit du développement du travail, précédemment évoqué ici, de chercheurs de la Sorbonne. Il est rajouté, à la géométrie, la notion de densité d'espace. A chaque partie de l'espace est associée une grandeur appelée densité $\rho = X / D^3$. Densité, vous pouvez imaginer ce que c'est. Bref, quelque chose d'utile dans notre monde réel. Effectivement, ça peut être une masse, une concentration de,… De points, par exemple !? Un espace plus ou moins dense, où les longueurs ne sont alors plus les mêmes…

Et le développement de cette branche apporte quelques surprises : cette nouvelle grandeur se comporte comme une dimension supplémentaire à l'espace, mais fatalement de forme scalaire / imaginaire, et donc au carré. Et avec, comme conséquence, que 2 droites parallèles se rejoignent à l'infini, mais pas que…

Quel intérêt me direz-vous ? Vous verrez, on en reparlera.

04/12/2018

SOCIETE – FRANCE

La manif pour les nuls

Petit détour vers une nouvelle parution. Vous connaissez la collection « pour les nuls » ? Et bien je vous présente le petit dernier : « la manif pour les nuls ».

Le titre est clair : après sa lecture, vous saurez tout sur ce qu'est une manifestation ! Il s'agit bien du défilé, dans la rue, pour protester contre… et non pas l'organisation d'un évènement, évidemment.

Vous y trouverez historique, les grandes manifestations passées, la manifestation dans le monde, l'organisation, la déclaration en Préfecture, le tracé, détecter et écarter les casseurs, le service d'ordre, ce qui est interdit, autorisé, les dégradations, dommages corporels, le Droit et les risques juridiques, le matériel nécessaire, où l'acheter, comment s'habiller (protection, déguisement,…), comment réaliser une banderole, les mots d'ordre, le meilleur moment pour manifester, la mobilisation, alerter les medias,…

Des « dérives » sont également abordées : comment bloquer un lieu, des accès, des autoroutes, ou rendre les péages gratuits,…

Il y a même une partie consacrée à la grève !

Alors, si vous êtes contre tout ce qui est pour, ou pour tout ce qui est contre, ce livre est fait pour vous.

06/12/2018

TECHNOLOGIE – ENERGIE

Au fil de l'eau…

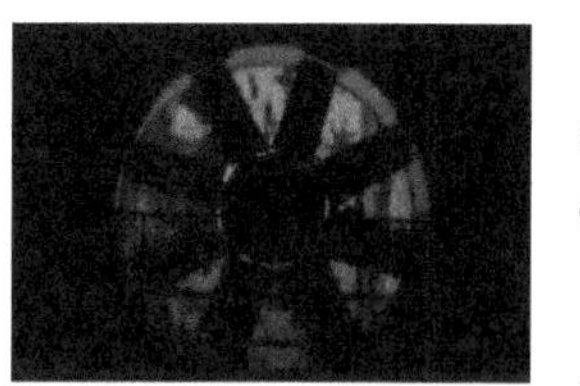

Des vacances en maison d'hôtes, en hôtel, en club de vacances, et même en camping, c'est cher.

Alors si vous pouviez acheter une parcelle de terrain à la campagne, au bord d'une rivière, pour installer votre mobil-home. Certes, ce n'est pas donné, mais c'est un investissement moins cher qu'une résidence secondaire. Et alors taxes locales ridicules.

Oui mais point d'eau, d'électricité, l'essentiel !

Sauf que si, c'est possible maintenant.

Au dernier Salon des Véhicules de Loisirs du Bourget, une nouveauté…

C'est en fait un gros caisson qu'il vous suffit d'immerger dans la rivière toute proche. Et simplement une gaine contenant fil électrique et canalisation d'eau pour rejoindre donc votre mobil-home.

C'est simplement une turbine qui produit l'électricité par énergie hydro-électrique (par le courant d'eau) et la rend compatible (du 16A pour l'instant) et un système de filtrage de l'eau avec pompe.

Il n'est pas encore prévu que ça pêche les poissons…

08/12/2018

SCIENCES – PHYSIQUE

Peser l'Univers

Ca a été déjà fait, évidemment. Jusqu'à présent, la masse de l'univers était considérée égale à $2{,}78\times10^{54}$ kg ou $1{,}25\times10^{53}$kg. En fait, la masse de l'univers est maintenant conjecturée à partir de l'équation $M = (3/8\pi G)\ c^3/H_0$ soit 2,1 * 10^{52}kg. c vitesse de la lumière, H_0 constante de Hubble. Elémentaire mon cher Watson ! On est dans le même ordre de grandeur. C'est suffisamment lourd comme ça !

Mais l'intéressant n'est pas là. Pourquoi parler de la masse de l'univers ? C'est la suite de ce qui s'est dit lors du dernier colloque de l'IAP. Une semaine, rappelez-vous ! Et oui, nos chercheurs estiment aujourd'hui que ce n'est pas la vitesse de la lumière qui est constante mais la masse de l'univers et est la seule véritable constante qui associe notre espace à 3 dimensions au temps (au carré), du type $M_0 = (3/8\pi G) * D^3/T^2$.

On voit que si c^3/H_0 est constant alors plus $1/H_0$ augmente (l'âge de l'univers), plus c augmente donc c augmente avec le temps : quasi nul à l'origine (Big-Bang) et en « accélération » constante.

On voit aussi qu'une masse correspond à l'inverse d'un décalage temporel (retard dans le passé) d'une portion d'espace, d'où le principe d'accélération ($1/T^2$). Et qu'en remontant dans le temps, la densité d'espace est plus grande, le temps s'écoule moins vite, la vitesse de la lumière diminue… On peut considérer une masse comme une densité d'espace !

Ca vous en bouche un coin, hein ?!

11/12/2018

SOCIETE – RESTAURATION

En ce temps là…

On connaît les restaurants de cuisines exotiques : asiatique, indienne, turque, marocaine,…

Mais, peut-être l'avez-vous remarqué ? Peut-être les fréquentez-vous ? La grande tendance du moment est le restaurant d'époque !

Bon, il est vrai que c'est plus du parisianisme, mais ça commence souvent comme ça. Les modes y démarrent.

Bref, de plus en plus, des restaurants thématiques s'ouvrent, ça on le sait. Là, les restaurants s'affichent, s'affirment, comme restaurant (c'est le cas de le dire) une époque. Certes le décor, mais aussi et surtout les mets, la carte, les plats, les boissons même.

On peut comprendre facilement l'imitation de certains festins du temps des rois. Mais pas que ! Manger à la manière du Moyen-Age, des Romains, des gaulois, voire façon préhistorique : une certaine surenchère y apparaît. C'est à celui qui sera le plus original. Même que vous pouvez vous nourrir comme en temps de guerre ou voyage spatial !!!

Pour info., payer en peaux de bêtes, tickets de rationnement,… ne marche pas. Ce sera en Euros ! Quoique, si vous proposez des Louis d'or…

13/12/2018

SCIENCES – PSYCHOLOGIE

L'enfer, c'est les autres

Citation de Jean-Paul Sartre que vous connaissez : on vous l'a suffisamment rappelée pour le Bac ! Et pourtant, cela va à l'encontre du développement des réseaux sociaux !?

Alors, il fallait une réaction, un refuge…

C'est le cas avec le site « mabulle.com ». Tout le contraire des réseaux sociaux : là, il n'y a que vous ! VOTRE monde, secret, inaccessible.

Evidemment, il y a la rubrique « journal intime », mais plein d'autres choses. En fait, quasiment tout pour vous construire votre propre monde virtuel.

Vous y notez vos goûts, vos hobbies, vos centres d'intérêts. Vous l'agrémentez de photos de paysages et lieux que vous aimez, réels ou imaginaires. Et des évènements fictifs à choisir, imaginer.

Tout est là pour vous y aider, faciliter la chose, en fonction de vos recherches, qui se font en sous-main sur Internet.

Vous pouvez même vous y inventer des amis, compagnons, bref, votre mini réseau social virtuel !

Dangereux, psychologiquement, mais tellement agréable !!!

15/12/2018

SCIENCES – PHYSIQUE

Et la lumière fût…

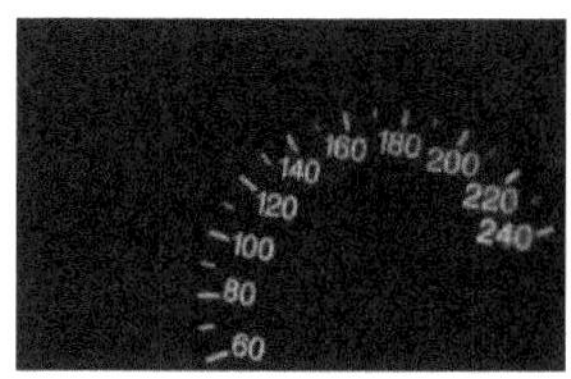

Nous l'avions maintes fois abordé ici, car objet de nombreux communiqués récents. Et donc, évidemment, ce point a été largement affirmé lors de ce fameux colloque dont nous vous parlons ces derniers temps.

Donc la lumière a une vitesse constante égale c, non pas dans le vide, mais presque : là où la masse volumique de l'espace est celle de l'univers, soit, paraît-il, de $9{,}24\times10^{-27}$ kg·m^{-3}. Peut-être même un peu moins. C'est pas lourd ! Mais pas 0, le vide… Plus la masse volumique est importante, moins c est grande et inversement. C = 3 x 10^8m/s aujourd'hui mais était moins grande par le passé et sera plus grande dans l'avenir car univers en expansion et masse constante. Ainsi aussi, la lumière, lorsqu'elle est radiale, diminue en allant vers le centre d'une masse (et augmente en s'éloignant) alors que la vitesse d'une masse augmente (accélération gravitationnelle). Et, Arrivée au rayon de Schwarzschild (vous savez : rayon d'un trou noir !)… la lumière radiale a une vitesse nulle donc disparaît.

En fait, ils parlent plutôt de densité d'espace. Plus la densité d'espace est grande, plus faible est la vitesse de la lumière et inversement.

Enfin, tout ça, lorsqu'elle va tout droit… On verra quand elle tourne !...

18/12/2018

SOCIETE – CULTURE

Le film de ma vie

Nombre de films ont été faits retraçant la vie de personnages célèbres, souvent historiques. Vous connaissez Napoléon, Elizabeth, Lawrence d'Arabie, Gandhi, et j'en passe.

D'un autre côté, tout un chacun peut faire écrire son histoire. Il vous en coûtera environ 6000€ pour aboutir à un livre broché.

Alors, si on peut faire un roman de votre vie, pourquoi ne pourrait-on pas en faire un film ?

C'est maintenant possible, car proposé. Certes, il faut avoir les moyens. Mais c'est donc faisable, même si vous n'êtes pas (encore) une célébrité à travers le monde.

On (enfin, la start-up qui propose ça) va même jusqu'à trouver des personnages vous ressemblant lorsque vous étiez jeune, ou même enfant. Et même retrouver, ou reconstituer, votre environnement d'alors.

Bref, un vrai film, pas une vidéo de vacances, et selon votre goût, vos arrangements. Et le budget qui va avec !

Même post-mortem, réalisé par vos descendants…

Les voyages extraordinaires de René Jusvel ?...

22/12/2018

POLITIQUE – EUROPE

Rapprochement Corse - Sardaigne

Le mouvement indépendantiste corse est connu, surtout en France.

Mais saviez-vous qu'il existe aussi un peu la même chose en Sardaigne, l'île un peu plus grande, mais tellement semblable, au sud de la Corse.

Les deux appartenaient d'ailleurs à l'Italie, il y a longtemps.

Et autant les corses se sentent corses avant d'être français, autant les sardes se sentent sardes avant d'être italiens ! Bref, tout rapproche ces deux peuples.

Alors rien d'étonnant à la conférence de presse (à la manière corse : dans le maquis, cagoulés et en armes… mais plus pour la symbolique que pour faire la guerre) de ce week-end fondant officiellement l'UCS – l'Union Corse Sardaigne.

Les deux composantes : l'ex FLNC (Front de Libération National Corse), en fait Pe a Corsica, et le parti des Sardes (avec Parti Sarde d'Action, Sardigna Natzione Indipendentzia,…) sont en fait déjà très proches dans leurs actions respectives. Et donc pour former UNE nouvelle nation… sans nom pour l'instant.

Ca va : pas de problème pour le drapeau : il est déjà si semblable…

25/12/2018

SCIENCES – PHYSIQUE

La discorde

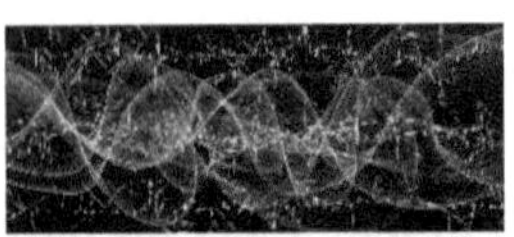

Allez, nous allons terminer ce tour d'horizon de la physique actuelle, Cf. colloque de Physique, par ce qui porte à polémique : la théorie des cordes !

C'est que l'ambiance actuelle, parmi les physiciens, est que cela a été trop loin. Comme un mouvement de rejet !? Trop compliqué, impossible à prouver, des dimensions à n'en plus finir…

Alors qu'une hypothèse nouvelle semble prendre le dessus : plutôt que des petites cordes qui vibreraient dans un espace à parfois 11 dimensions, on en reviendrait à nos bonnes vieilles 3D et à de la lumière qui tournoierait sur elle-même suivant une courbe circulaire, créant des champs stables rayonnant en sinusoïde dégressive du centre de rotation vers la périphérie. Et unifiant ainsi les champs, la mécanique quantique et la Relativité. Ces champs – et la matière – n'étant que l'expression d'un décalage temporel dans le passé (T^2). Et la lumière comportant 3 champs : électrique, magnétique et gravitationnel (dans le sens du déplacement).

Les champs n'étant alors que champs de vitesse (V^2).

Enfin, dans un champ gravitationnel, il existe toujours 2 vitesses, radiale et tangentielle, dont la somme = vitesse de la lumière.

Ca y est, vous avez tout compris ? Moi pas !

27/12/2018

SOCIETE – CULTURE

Post-mortem Production

Rien à voir avec la société de déguisements de Winnipeg. D'ailleurs pas de « s » à Production. Ni d'un site de rapports d'accidents ou de bilans de projets, ni même d'une pièce de théâtre…

Non, il s'agit là d'une nouvelle entreprise très sérieuse qui a pour but de préparer les nécrologies de célébrités.

L'idée est originale et la mort étant universelle et inéluctable, il y a là un marché important et pérenne.

L'activité initiale de cette société de production était la constitution de bases de données, essentiellement photos, vidéos, extraits d'émissions télé,… souvent achetées, classés selon les personnes concernées, à disposition des journalistes.

Mais, bien vite, l'entreprise a créé elle-même ses propres montages vendus à prix d'or lors du décès d'une célébrité. Du « clé en main », immédiat, vue l'urgence.

Nécrologie s'entendant sous toutes ses formes, la rédaction littéraire y apparaît même maintenant, et étendue à la demande pour toute collectivité, société,…

Après « le film de ma vie » (article précédent), vous voyez, pour vous, c'est peut-être déjà fait ! Pour moi, pas encore…

29/12/2018

ECONOMIE – FRANCE

Les français délaissent les autoroutes

C'est le constat fait par les sociétés exploitantes des autoroutes en France, ASF, SANEF, SAPRR et Cofiroute. Et, derrière celles-ci, les groupes les ayant rachetées : Eiffage, Macquarie (Australie), Vinci et Abertis (Espagne).

Pourquoi ?

En fait, plusieurs phénomènes y concourent.

D'abord les tarifs de plus en plus élevés d'accès à celles-ci, ce qui augmente considérablement le budget déplacements. Associés à des temps d'attentes conséquents aux barrières de péages, lors des grandes migrations saisonnières.

Mais aussi et surtout le coût énorme maintenant, des carburants. Les français compensent en évitant les péages autoroutiers. Surtout que, de fait, la consommation est moindre sur Nationale car vitesse réduite.

Et la sécurité des véhicules est de plus en plus performante et compense donc celle apportée par les infrastructures autoroutières.

De plus, le développement de l'électrique ou même de l'hybride ne facilite pas la circulation à 130km/h.

Et les français redécouvrent les plaisirs du vagabondage à travers nos charmantes régions…

01/01/2019

SCIENCES – PHYSIQUE

Vive Archimède !

« Tout corps plongé dans un fluide subit une force verticale, dirigée de bas en haut et opposée au poids du volume de fluide déplacé ; cette force est appelée poussée d'Archimède". Vous connaissez.

C'est beaucoup plus simple que les principes de la Relativité Générale ou la Mécanique Quantique. On est d'accord.

Et bien sachez qu'on y revient ! Non pas que les scientifiques en aient douté, mais le principe est repris et généralisé. Il semble avoir une importance insoupçonnée !?

On ne parle plus de « masse » mais de « masse volumique ».

Et la force alors mise en jeu dépend de la « différence » des masses volumiques, dans un sens comme dans l'autre. On retrouve là le principe d'Archimède. Et c'est logique !

Il n'y a plus qu'une seule force, mêlant gravitation et poussée d'Archimède. Et cette force ne s'exerce plus à distance mais en fonction des masses volumiques (densité) du lieu, qui décroissent en fonction de la distance (volumes plus importants), attirant ou repoussant jusqu'à ce que les densités soient identiques.

Et il paraît que cette densité n'est pas constamment dégressive autour d'une masse mais sous forme de « vagues » stationnaires, ce qui expliquerait les planètes, anneaux de saturne et autres… Etonnant ?!!?

03/01/2019

TECHNOLOGIE – TELEVISEUR

Le son sans l'image

Vous arrive-t-il de vous endormir devant la télé ? Oui ? Mais vous avez une douce période, où vous êtes bercé par le son, alors que les yeux déjà fermés…

Alors pourquoi user du courant pour un écran qui ne sert à rien ???

C'est la constatation de Samsung. Certes, pour certains téléviseurs, souvent anciens d'ailleurs, l'option était possible mais en paramétrant, à partir de l'écran. Compliqué…

Là, dans ce + de Samsung, c'est beaucoup plus simple : vous avez, sur la télécommande, une simple touche à appuyer et hop : le son sans l'image ! Ceci est valable, notamment, pour capter certaines radios, directement sur la télé.

Mais mieux : possibilité de mise en veille image… tout en gardant, pendant un certain temps, le son !!! Si activée, alors, au bout de 2h (programmable), l'écran s'éteint, et le son qu'une heure après. Bref, enfin la solution au problème évoqué ci-dessus.

Evidemment, vous pouvez désactiver à tout moment (longue pression) ou rajouter une ou plusieurs heures (pressions courtes successives).

Grâce à Samsung, la technologie télévisuelle mute…

05/01/2019

TECNOLOGIE – MESSAGERIE

Vous avez un nouveau message…

Pénible, hein, ces nombreux messages commerciaux ou frauduleux, n'est-ce pas ?

Et, jusqu'à présent, les anti-spams n'étaient pas très efficaces, ou trop : ils bloquaient parfois des messages importants lorsqu'adressés à un grand nombre de destinataires.

Alors un nouveau venu, prometteur… pourtant simple sur son principe : votre messagerie vous demande de créer une « anti-adresse ». Pourquoi ?

Cette adresse « bidon » recevra, elle également, des messages. Messages qui n'ont donc aucune valeur pour vous. Alors, cet add-on à votre messagerie veillera, et supprimera, de votre véritable messagerie, tout mail identique à un de votre adresse factice.

C'est simplicime, non ?! Et redoutablement efficace !

Bon, ce n'est pas la panacée absolue mais un plus tellement pratique.

Et si vous voulez être vraiment tranquille, n'oubliez pas que vous pouvez refuser la diffusion de votre adresse mail lorsque vous la fournissez à l'occasion d'un achat ou d'une inscription en ligne…

Soyez adroit dans la gestion de votre adresse.

08/01/2018

SCIENCES – BIOLOGIE

Mourir pour mieux revivre

Vous avez tous entendu parler de la théorie de l'évolution, par Darwin et la suite.

Reste le problème, pas vraiment résolu, de la mort. Pourquoi meurt-on ? Question existentielle…

C'est le thème du dernier ouvrage d'Eugène Koonin, chercheur au Centre National d'Information sur la Biotechnologie (NCBI).

Et son hypothèse tient la route : un être vivant a une capacité d'adaptation obligatoire à son milieu naturel. Et, pour une adaptation optimum, celle-ci doit évoluer, surtout si on tient compte que le milieu lui-même évolue.

Alors, certes, l'être vivant teste, apprend, pour adopter les comportements les plus propices, peut les apprendre aux autres, mais c'est par la descendance et par les mutations génétiques que cette adaptation se fera. Ce qui explique la reproduction mais donc aussi la mort : le géniteur fait son office, avec mutations appropriées, protège ses petits, les éduque, puis doit laisser sa place.

Revient d'ailleurs l'idée évoquée il y a nombre d'années dans ces colonnes : la mémorisation et l'apprentissage génétique…

Et, conséquence, l'intégration de la notion de mort ne peut être compatible avec la connaissance du futur… (ça, c'est moi, pas lui !).

10/01/2018

TECHNOLOGIE – INFORMATIQUE

Home sapiens

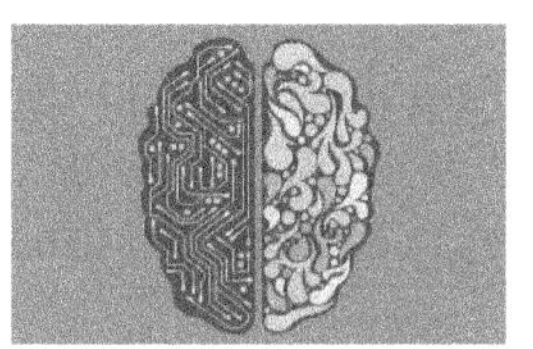

Vous avez sans doute entendu parler de Google Home, assistant vocal. Peut-être l'utilisez-vous d'ailleurs !? Sympa et parfois utile.

Il SAIT, donc peut vous assister, répondre à vos questions, se mettre à votre service, se connecter...

Et il prétend (essayez, à l'occasion) qu'il peut apprendre. Que nenni ! Faites l'expérience : quel est le prénom de votre compagne (compagnon) ? Evidemment, il ne sait pas. Alors vous le lui dites. Et vous lui redemandez : il ne sait toujours pas !?

Vous lui posez une question. Il répond. Vous lui reposez la même question, il ne vous signale pas qu'il vous a déjà répondu !

Bref, on est loin de l'IA (l'Intelligence artificielle) malgré les apparences. Il sait mais n'apprend pas.

Il semblerait cependant que Google travaille à une nouvelle version, là IA, pouvant apprendre. Un futur Home Discipuli ? Ce sera bien utile car, pour l'instant, on ne fait que retrouver, par oral, ce que fait déjà le moteur de recherche Google, certes amélioré par l'équivalent d'autres services mais guère plus !

A quand le Google Home Sapiens sapiens ? Qui, non seulement saurait, apprendrait, mais, en plus, en aurait conscience… La conscience artificielle…

12/01/2019

SOCIETE – ALIMENTATION

Soupçon d'addiction alimentaire

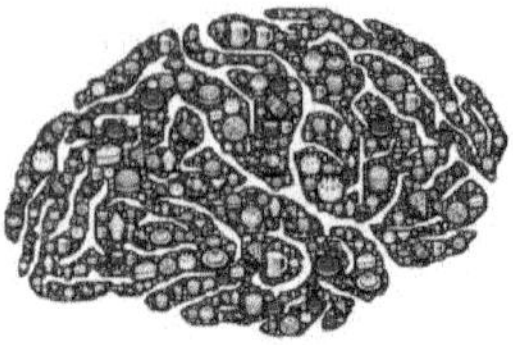

Certes parfois, lorsqu'on parle d'addiction alimentaire, c'est le fait de « bouffer » outre mesure. Le principe est toujours le même : tout abus nuit gravement à la santé.

Là, c'est différent : le CLCV (association de consommateurs) a effectué, comme à son habitude, des analyses poussées de certains aliments. Et il semble qu'il y ait des composés étranges…

Jusqu'à présent, il était recherché des additifs généralement artificiels qui pouvaient être dangereux pour la santé, conservateurs, colorants, les fameux E…

Ce qui a été repéré là, ce sont des éléments provoquant un effet d'addiction, bref, quasiment des drogues !!!

Cela fait suite aux relevés, allant dans ce sens, sur des produits vendus en restauration rapide aux USA et qui expliquaient pourquoi les américains étaient devenus addictes aux hamburgers et donc le phénomène de surpoids généralisé… (outre sel et sucre).

A n'en pas douter, l'Autorité Européenne de Sécurité Alimentaire (EFSA) pointera sous peu ces nouveaux additifs alimentaires…

Un moyen comme un autre de fidéliser la clientèle ? Il y a peut-être mieux à faire…

19/01/2019

SOCIETE – HUMOUR

OK Google

J'avais évoqué ce boîtier commercialisé par Google, le Google Home. L'idée a d'ailleurs, depuis, été repris par d'autres sociétés.

Alors je ne peux résister au fait qu'il fait désormais l'objet d'un sketch de Gad Elmaleh !... qui s'intitule tout bêtement « OK Google ».

Principe simple : l'humoriste converse avec le boîtier. Bon, Alain Chabat et son équipe de Burger Quiz avait déjà réalisé une fausse publicité sur ce thème.

Ce qui avait été signalé dans l'article précédent (Home sapiens) y est, vous vous en doutez.

En fait, cela commence normalement, questions / réponses, classique… et des consignes, ordres, donnés, qui sont exécutés sans problème… Bref, normal, rien de drôle. Jusqu'à ce que ça dérive, bien évidemment.

Et là, dans la 1ère partie, il fait fort : il converse effectivement avec un mini Home et c'est donc bien le boîtier qui répond. Gad a choisi les questions… Je ne vous en dirai pas plus. 2ème partie, là, les réponses sont imaginées et exprimées par une voix off, à la manière de Chabat, vers un délire complet…

« OK Google, sketch de Gad Elmaleh sur Google Home ». « Excusez-moi, je ne vois pas comment vous aider ».

22/01/2019

POLITIQUE – MONDE

Une ONG armée ?

Un Etat, une armée d'opposition, une organisation terroriste, une ONG, un multimilliardaire… ? Quel rapport entre tout ça ?

C'est un peu la question que se posent actuellement quelques sommités politiques mondiales… quelques officines secrètes et hauts responsables militaires. Et donc évidemment dorénavant, journalistes et organismes de presse. Du coup, vous et moi aussi !

De quoi parle-t-on ? De cette zone, très localisée, au Proche-Orient, inaccessible aux médias (jusque très récemment), certes, mais surtout aux autorités locales, civiles ou militaires, aux forces armées étrangères, aux attaques terroristes, et où la population vit en paix, sans craindre le moindre blocus !!! Et qui accueille même des réfugiés.

Oui, zone où la population est protégée de la violence, de la famine, et peut vivre normalement dans cette vaste contrée en guerre. Une ONG me direz-vous ? Oui mais armée !!!

La question qui se pose est « qui est derrière ? » : un Etat ? une organisation secrète ? une ONG ? un mécène multimilliardaire ? Personne ne sait ! Mais les moyens semblent colossaux et l'armement de défense et de protection hyper sophistiqué qui met en échec les armées conventionnelles.

Et ça ne plaît pas du tout aux actuels puissants !!!...

24/01/2019

SCIENCES – COSMOLOGIE

Une brève histoire de l'univers

Vous devinez mon penchant pour l'astrophysique… Alors je ne pouvais passer à côté du dernier livre d'Hubert Reeves, grand scientifique et vulgarisateur « Une brève histoire de l'univers », un clin d'œil à S. Hawking (et petite digression hors écologie).

Et, fait étonnant, il s'y place en partisan de la toute dernière théorie, celle-ci étant soumis encore à controverse !?

Mais c'est clair, « simple », comme à son habitude. Cela reprend des éléments déjà exposés dans notre revue.

Face aux images d'un univers issu d'un point de l'espace, avec un commencement temporel, une explosion, il montre que l'univers a toujours été tel qu'en lui-même : un univers 3D avec une « dimension » supplémentaire différente car non « spatiale », non vectorielle mais scalaire, imaginaire (au sens mathématique) assimilé à T^2 (le temps au carré donc toujours « positive ») dont la « projection » spatiale se traduit par une « densité d'espace » (la matière gravitationnelle). Et, un peu à la manière du point de fuite, lorsqu'on regarde au loin, les parallèles se rejoignent en un point… le Big-Bang ! Les unités de mesures de l'espace et du temps sont alors de plus en plus petites, jusqu'à l'infiniment petit mais jamais nul.

L'univers n'a donc pas de centre et est en expansion. Simple interprétation mathématique de notre perception…

26/01/2019

SOCIETE – SANTE

Kiné sans déplacements

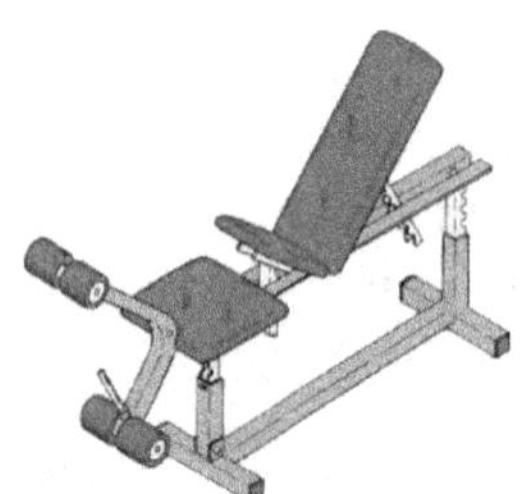

Les prescriptions en kinésithérapie sont en explosion, c'est clair. Au point que le nombre de kinésithérapeutes a du mal à suivre. Les files d'attentes s'allongent… Un peu comme pour les médecins.

Alors que faire ?

La solution qui est actuellement mise en place en Ardèche, à titre expérimental, pourrait diminuer cette pression.

De quoi s'agit-il ? Simplement de la mise à disposition des patients, chez eux, de matériel et de fiches d'exercices, soit momentanément, le temps de la série de séances, soit même définitivement pour les pathologies à vie.

Evidemment, le malade doit consulter au moins les premières fois, et même ensuite, régulièrement, histoire de constater les progrès, adapter le traitement et le matériel. Mais donc il repart chez lui avec les instruments de torture (livrés si encombrants). Il sait ce qu'il a à faire.

Après, c'est une question de confiance : il faut faire !!!

Le spécialiste bénéficie d'une indemnisation (location, suivi…).

Et la Sécurité Sociale s'en sort, à moindre frais. Le coût global est moindre. Bref, tout le monde y trouve son compte !

En cas de balnéothérapie, la piscine n'est pas fournie…

29/01/2019

TECHNOLOGIE – MULTIMEDIA

Le Home portable

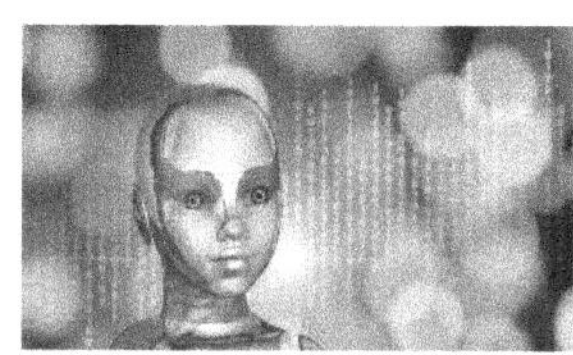

En fait, il ne s'agit plus d'un « home » puisque mobile.

On attendait quelque chose, c'est fait ! Google s'oriente, décidément, de plus en plus vers le hard (non, non, n'allez pas imaginer…).

Il vient de dévoiler, à la manière d'Apple, son nouveau « Google Itinerant ». Qu'est-ce ?

Smartphone ? Non. Il n'y a plus la fonction « téléphone » car, de fait, ce n'en est plus l'usage essentiel.

Et oui : plus besoin de prendre un abonnement téléphonique !...

C'est une sorte de mini tablette intégrant les fonctions Internet et applications Androïd, sans oublier photo, caméra, musique, suivi santé, GPS…

Et, surtout, la nouveauté, est l'intégration de l'équivalent Google Home, essentiellement vocal d'ailleurs, muni, cette fois, d'Intelligence Artificielle !

Bref, c'est, de fait, un « compagnon » à votre disposition, qui sait, cherche, sert, mais aussi apprend de vous, vous connaît de mieux en mieux, comme un animal domestique dans votre poche.

Apple a à se faire du soucis : il n'a plus le monopole de l'innovation !!

31/01/2019

POLITIQUE – MONDE

L'Afrique s'embrase...

Déclaration, aujourd'hui, de Ibrahim Zakzaky, récemment libéré : il crée un nouveau Kalifa au Nigéria... Mais le pire n'est pas là, mais dans une « union sacrée » des divers mouvements islamistes de par le monde.

Après l'Afghanistan, le Pakistan, l'Irak, la Syrie, et la disparition des premiers chefs, l'extrémisme islamique s'est répandu dans le monde musulman, essentiellement dans l'Asie du Sud-Est et l'Afrique du nord.

Depuis la mort de Ben Laden, puis d'Abou Bakr al-Baghdadi, le pôle terroriste s'est déplacé des Moyen et Proche-Orient, vers l'Afrique sans parler de la péninsule arabique.

Plusieurs tentatives de déstabilisation avaient eu lieu en Afrique du Nord (Lybie, Tunisie, Egypte,...) puis Afrique de l'Est (Somalie...), enfin Afrique noire (Mali, Niger, Nigéria,...) avec Boko Haram,

Et, après la France, l'Europe y est directement impliquée, anciennes colonies obligent et risque d'immigration forcée... Alors que les autres grandes puissances détournent le regard : les USA se replient sur elles-mêmes, la Russie en profite pour se concentrer, les mains libres, en Europe de l'Est et Proche-Orient, la Chine envahit tranquillement par le commerce.

Bref, après la Russie en Afganistan, l'Amérique au Moyen-Orient, ce serait le tour de l'Europe en Afrique du Nord...

02/02/2019

SCIENCES – PSYCHOLOGIE

Le portable permet de moins fumer

Etonnants les derniers résultats d'une étude sur les addictions : la diminution du tabagisme et de l'alcoolisme serait liée au développement de l'usage du portable !?

C'est l'IREMA (Institut de Recherche et d'Enseignement en Maladies Addictives) qui arrive à cette conclusion.

D'emblée, l'alcoolisme, le tabagisme, sont en nette diminution : c'est constaté à grande échelle. Ce résultat était attribué, jusqu'à présent, à la hausse des tarifs, aux campagnes publicitaires, aux soins curatifs et à l'amélioration des conditions de vie.

D'un autre côté, fort développement du portable : quasiment tout le monde en a un… à usage communication virtuelle.

Mais là, a été mis en évidence, la corrélation forte entre les deux phénomènes, un « cause à effet ».

En fait, il s'agirait du remplacement d'une addiction par une autre, tout bêtement.

Et l'être humain aurait besoin d'une composante addictive : alcool, tabac, jeu, portable, voire drogue mais même sport !? La nécessité d'une activité relevant de l'onirique, du virtuel, de l'imaginaire.

Ca me rappelle mon chat faisant semblant de se battre avec un animal imaginaire qui n'est qu'un coton-tige…

05/02/2019

POLITIQUE – FRANCE

Les retraités en grève

Et oui, vous le constatez tous les jours en ce moment : les retraités sont en grève !!!

Cela pouvait paraître impossible, puisqu'ils ne travaillent plus, mais ils viennent de montrer que si. Et, sur le long terme, cela s'avère très perturbateur.

Le Gouvernement pensait qu'ils n'avaient guère de pouvoir de nuisance, donc qu'ils pouvaient être ponctionnés, taxés, appauvris, sans réaction si ce n'est quelques défilés, au demeurant calmes, sans violences. Et bien non !

Depuis qu'ils ont décidé de faire la grève des Associations, ça commence à poser sacrément problème sur le long terme.

C'est là que l'on s'aperçoit de leur rôle dans notre organisation sociale : tout un bénévolat à disposition, et ce, dans tous les domaines. Des milliers d'heures fournies qu'il est impossible de remplacer.

Cela durera jusqu'à revalorisation de récupération de tout ce qu'ils ont perdu ces dernières années et l'assurance que leur pouvoir d'achat restera ensuite constant, donc indexé sur le coût de la vie. Et ils n'ont rien à perdre puisque bénévoles. Quasi plus aucune association ne fonctionne en ce moment, ni sportives, ni culturelles, ni sociales…

Et il semblerait que les élus de base, conseillers municipaux, s'apprêtent à suivre le mouvement…

07/02/2019

SOCIETE – LOGEMENT

Les résidences séniors enfin reconnues

Pour nos séniors, il n'y avait guère le choix : continuer à vivre dans leur logement, souvent trop grands après le départ des enfants, voire la disparition du conjoint, ou la maison de retraite… ou éventuellement un petit logement, isolés, avec soit entretien, soit charges trop importantes.

Pour les maisons de retraite, ce n'est pas à la portée de toutes les bourses (compter environ 2400€ mensuels) et ce sont alors les enfants qui payent ou le patrimoine qui est sacrifié. Sans compter que le nombre de « lits » est limité, par département.

La solution était pourtant trouvée : les « sénioriales » ! Certes il en existe mais encore très chères. Pourtant des communes, en accord avec les bailleurs sociaux, ont réalisé des « béguinages », résidences avec appartements ou maisons de ville type F2 ou 3, aux tarifs HLM correspondant aux faibles pensions de retraite et adaptés PMR, avec salle commune équipée cuisine, télé, coins de verdure…

Seulement, cela ne pouvait être que des « résidences intergénérationnelles ». Et oui, la « ségrégation » par l'âge n'était pas légale. C'est enfin reconnu par la Loi : le statut « sénioriales » existe maintenant ! Ce qui donne un cadre légal et n'oblige plus à la mixité.

Par contre, évidemment non médicalisée donc pour personnes encore valides.

09/02/2019

SCIENCES – ASTROPHYSIQUE

L'énergie noire enfin expliquée !?

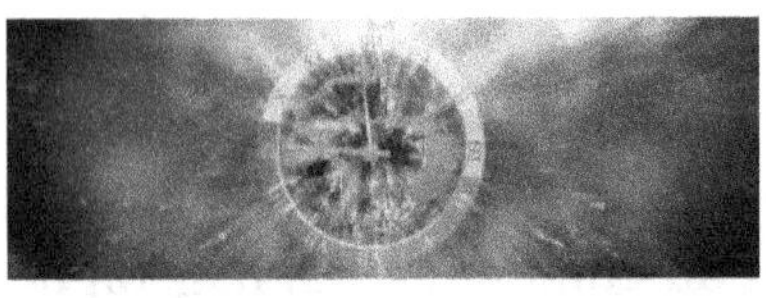

On en entend parler, sans trop savoir de quoi il s'agit. En fait, c'est l'élément que l'on cherche pour pouvoir expliquer l'expansion accélérée de l'Univers. Et oui, l'Univers (tout ce qui existe) est en expansion. Mais pas dans un espace vide, non : c'est l'espace lui-même !!! Il était tout petit petit à l'origine (Big-Bang) et grandit, grandit. On le constate car tous les objets (astres,…) qui le constituent s'éloignent les uns des autres. Le problème est que, normalement, les masses qui y sont, devraient s'attirer au contraire !? (gravitation).

Alors on imaginait quelque chose ayant, au contraire, une force répulsive (une « pression » qu'ils disent, les physiciens) qui remplirait l'univers, ou alors on attribuait ça à la « constante cosmologique » dans l'équation de la Relativité Générale, et d'autres hypothèses, sans trop savoir… (je n'en dirai pas plus car j'ai déjà moi-même du mal à suivre).

En fait, l'explication serait beaucoup plus simple. L'expansion de l'univers se fait au cours du temps… en fait, selon T^2 (donc accélérée), nous en avions déjà parlé ici. La masse de l'univers étant constante, celui-ci aurait une masse volumique non nulle, même là où il n'y a rien.

L'énergie noire semble avoir une force répulsive simplement parce que la traduction du temps est l'éloignement alors que la force d'attraction gravitationnelle est le rapprochement, décalage dans le passé.

Le côté sombre de la force…

12/02/2019

TECHNOLOGIE – FRANCE

La fin du téléphone fixe

Nous en avions déjà parlé ici, il y a quelques années, suite au développement de la 5G. Cela rentre aujourd'hui dans les faits !

Les temps évoluent : après la disparition des cabines téléphoniques, du Minitel, puis des antennes râteaux (hertziennes), puis, justement, des liaisons par câbles des foyers (fils de cuivre, ADSL, VDSL, fibre optique), c'est au tour des téléphones fixes.

Donc effectivement fini (ou presque) les câbles téléphoniques et même la fibre (sauf dans certaines régions où les transmissions posent problèmes). La 5G remplace partout. On verra, d'ici peu, je suis sûr, disparaître les poteaux téléphoniques le long de nos rues et routes… Nostalgie.

Du coup, le téléphone fixe n'a plus de raison d'être et disparaît peu à peu. Orange - ex France Télécom - ne fait plus ! Il est remplacé par le téléphone portable.

Enfin pas tout à fait : une start-up a senti le filon et a commencé à commercialiser, d'abord un kit, connecté 5G, où on peut brancher son vieux téléphone via une bonne vieille prise téléphonique. Et commence à mettre sur le marché de nouveaux téléphones fixes en 5G, avec ou sans fil pour le combiné…

A quand la télé, remplacée par la tablette individuelle ?...

14/02/2019

SOCIETE – CULTURE

N'envoyez plus vos manuscrits aux libraires !

Ceci s'adresse aux auteurs. L'éditeur Hachette vient de formaliser la chose : il n'accepte plus de manuscrits d'auteurs !

Pourquoi ? C'est simple : plutôt que de payer du personnel pour réceptionner, classer, lire, sélectionner, les ouvrages qui lui sont envoyés, il préfère se référer aux ventes d'ebooks pour définir ses ventes et tirages !

J'explique : C'est clairement spécifié sur son site et constitue la réponse type en cas d'envoi, les ouvrages brochés (papier) seront dorénavant sélectionnés pour impression, diffusion, promotion, uniquement après avoir obtenu un certain nombre de ventes sous format ebook (en fait 750).

D'où la réorientation vers son partenaire BookElis (racheté depuis lors), chargé de la diffusion numérique.

En effet, la diffusion numérique revient moins chère et donc l'investissement est moins grand. Alors si, en plus, la diffusion papier se base sur un premier « succès » version ebook, le risque devient très faible.

D'autres enseignes reprennent le principe. Déjà Amazon, mais aussi les grands éditeurs.

Evidemment, outre l'édition à compte d'auteur, il existera toujours de petites « librairies » qui accepteront vos ouvrages, soit par principe, soit espérant dégoter la perle rare…

18/02/2019

SOCIETE – IMMIGRATION

Chantage au mariage blanc

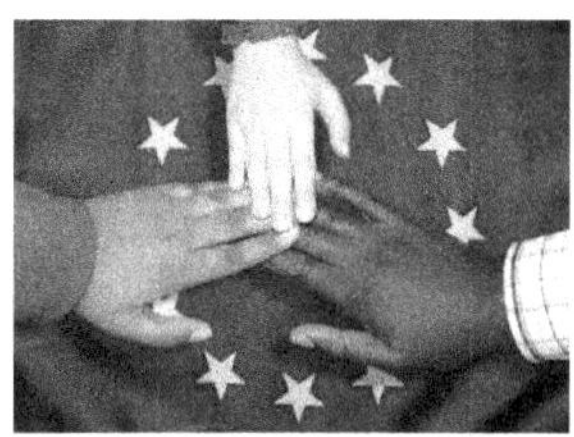

D'un côté, il y a les chantages via Internet : femmes ou hommes de pays pauvres, comme la Côte d'Ivoire, qui prennent contact avec des français ou françaises, via les réseaux sociaux généralement. Pour en arriver à créer des liens, une mise en confiance. Mais, bien vite, on en arrive à des relations intimes, des vidéos… et le piège se referme ! Menaces, chantage… contre versement d'argent.

D'un autre côté, autre manipulation : le brouteur (c'est comme ça qu'on les appelle) fait de telle sorte à créer un sentiment amoureux chez la future victime… mais subit besoin d'argent (hospitalisation, voyage, problèmes financiers divers). La proie, alors, aide financièrement. Mais cela peut même aboutir à faire venir le piégeur en France, pour vivre ensemble, se marier…

Un mixte des deux apparaît depuis peu : le chantage au mariage blanc. Là, la victime doit être célibataire, n'a pas les moyens de payer.

Alors, sous menace de diffuser des vidéos compromettantes, le maître-chanteur demande à l'autre un mariage forcé, explicitement mariage blanc, en toute discrétion, afin d'obtenir une autorisation de séjour suivie d'une naturalisation, puis d'un divorce, tout aussi discret.

Et le tour est joué !

… pour le meilleur pour l'un, le pire pour l'autre.

19/02/2019

SCIENCES – PSYCHOLOGIE

De l'autre côté du miroir

Peut-être connaissez-vous M. Propp ? Non, ce n'est pas un animateur de salle de sport reconverti dans la publicité pour un produit ménagé ! Il s'agit de Vladimir Propp, auteur de « Morphologie du conte » qui, en gros, démontre que tout conte suit une structure bien précise.

Dans une dernière parution d'un groupe de travail de l'Université d'Ottawa, des pistes nouvelles sont exposées, cela reprend d'ailleurs en partie la thèse de Propp mais va plus loin.

En fait, tout individu aurait besoin d'un monde virtuel dans lequel s'échapper. D'un côté, le monde réel, qui doit être sécurisant, organisé, posé, coutumier. De l'autre, le virtuel, ce serait l'aventure, l'inconnu…

Et donc besoin de l'un, certes, mais aussi de l'autre. Un peu comme les sommeils profond et paradoxal, le rêve. Ou comme la vie quotidienne et les voyages…

Et ce groupe illustre son propos, non plus par les contes, mais par nombre de livres et même de productions cinématographiques telles que films ou séries. On y retrouve notamment « La porte des étoiles », et même « Bilbo le Hobbit », « La trilogie de l'anneau »… Même la télé serait cet échappatoire, et que dire des jeux vidéo… !!!

Et les diverses addictions en seraient également une forme d'expression, là, pour le coup, nuisible. Tout abus nuit…

21/02/2019

TECHNOLOGIE – PHOTO

Un drone pour selfie

C’est la grande mode des selfies : se photographier soi-même, avec son smartphone, le bras tendu.

Mieux : les perches, c’est encore plus pratique, point à bout de bras.

Mais il y a mieux et ça vient de sortir ! Le drone selfie. Un petit drone équipé d’un appareil photo programmable.

C’est-à-dire ? En fait, la programmation se fait à partir de votre smartphone personnel que vous gardez sur vous : essentiellement la distance entre le drone et le portable. Et c’est tout !

Le drone s’envolera, s’éloignera de la distance demandée, s’orientera vers le smartphone (donc vous), mais de façon à ne jamais être en contrejour, donc toujours entre le soleil et vous, enfin fera automatiquement les réglages de cadrage, luminosité, mise au point.

Et vous photographiera, et ce à intervalle régulier ou sur pression sur le portable.

La commande de départ et retour du drone se fait par application sur le smartphone. Idem orientation pour monument en arrière-plan.

Vous pouvez faire la pose, ou marcher, ou courir, ou être en vélo, escalade,… Rien ne l’arrête !

Bon, pour espionner, ce n’est pas trop discret…

23/02/2019

SOCIETE – FRANCE

Chemin de vie

Une récente enquête du CREDOC – et son analyse – montre l'émergence d'un phénomène quelque peu nouveau, mais qui serait en plein développement.

Quel sera (?), dans l'avenir, le parcours de vie d'un français ?

On peut déjà deviner une configuration : il va aller vivre dans une métropole, parisienne ou locale (Lyon, Marseille, Lille, Bordeaux,…), souvent dans sa banlieue, là où il y a l'emploi, mais surtout la promotion possible, l'évolution de carrière. Et pour gagner le plus possible (et dépenser le moins, d'où la banlieue).

Puis, arrivé à la quarantaine, c'est la qualité de vie qui l'emporte : il optera pour une ville moyenne, voire la campagne proche, loin de la pression, du stress, de la circulation, de la pollution… pour une vie plus agréable, tranquille, parmi les siens, et où assurer l'éducation des enfants.

Enfin, il optera pour une retraite à l'étranger, dans un pays ayant un coût de vie faible, au soleil, là où on a le temps, pas la montre… et les avantages fiscaux accordés par certains pays comme le Maroc, le Portugal (depuis peu) qui vont avec… comme déjà 10% des retraités !!!

On est loin de l'époque où on s'agglutinait en banlieue jusqu'à la mort, le fameux exode rural : les campagnes se repeuplent.

Elle est pas belle, la vie ?

26/02/2019

POLITIQUE – COMMERCE

Ecologie vertueuse ???

Conséquence inattendue de la préoccupation écologique mondiale, soi-disant suite aux différentes COP, Sommets de la Terre, Conférences Mondiales sur le Climat et autres… ?

Inattendue mais bon prétexte : le Japon, suivi des autres pays, petit à petit, pour des raisons écologiques, relocalisent leurs productions. Et oui : l'empreinte carbone est d'autant plus conséquente que les trajets de livraisons, par cargos notamment, sont longs pour les destinations lointaines.

Donc, on relocalise ! Logique.

Mieux : plutôt que d'importer, les pays exigent maintenant que les productions étrangères d'importation se fassent sur place, dans le pays de destination. Toujours sous le même prétexte.

Bref, ce qui est consommé doit être produit sur place !

On voit en fait l'intérêt véritable : favoriser son propre développement économique et l'emploi.

Bon, ça risque d'être dur pour les pays sous-développés où était produits à bas coût ce que chacun, dans les pays « riches », pouvait alors acheter pas cher (et enrichir les entreprises multinationales).

Vous serez moins au chômage mais vous dépenserez plus…

Chacun chez soi ? L'OMC a du soucis à se faire !

28/02/2019

SCIENCES – ECOLOGIE

Alien

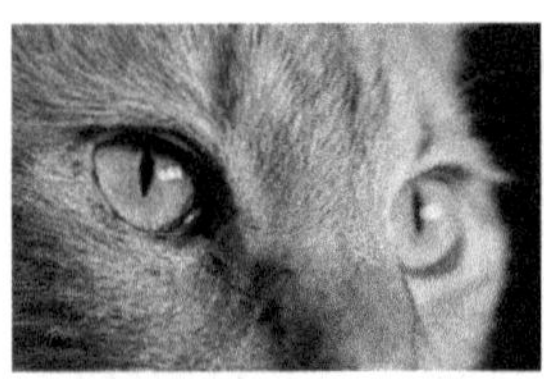

Par définition initiale, ce terme désigne tout être vivant différent : étranger. Par restriction, on y voit plutôt des êtres extraterrestres… Qu'ils sortent de l'imagination d'auteurs de science-fiction, d'hypothétiques envahisseurs ou observateurs, ou qu'on les recherche sur des exo-planètes.

En fait, ici, je parlerai du dernier essai de Thomas Cavalier-Smith, biologiste célèbre.

Son postulat est que, par définition, toutes vies autres que l'humain, chez nous, sur notre bonne vieille Terre, doivent être considérées comme des Aliens… Non pas extra-terrestres, mais appartenant, depuis toujours, exactement comme nous, à la biosphère terrestre. Bref, les animaux et plantes que nous connaissons !

Quel intérêt ? Cela remet, inconsciemment, en place toute cette vie. Jusqu'à lors, nous considérons les animaux et plantes comme « inférieurs » à nous, humains, et non pas, simplement, différents, simplement à un stade de « développement » adapté pour vivre, sans hiérarchie d'évolution. Bref, nos égaux.

D'ailleurs, il s'avère que nombre d'espèces ont, dans certains domaines, des capacités même supérieures aux nôtres. Ils ont souvent des moyens de communication insoupçonnés.

Et même des sentiments, hein, mon chat ?! l'alien que j'adore…

03/03/2019

SOCIETE – METEO

Haute pression sur la météo

Coup de tonnerre chez les météorologues : ils viennent de dénoncer, publiquement, la demande, mais parlons plutôt de pression, pour adapter les communiqués météo grand public.

En fait, cela vient de lobbies liés au tourisme et notamment l'hébergement et la restauration.

Et oui : dans la plupart des cas, vous devez réserver à l'avance votre lieu de villégiature, votre hôtel, votre restaurant, votre camping…

Seulement voilà : si vous réservez mettons 10 jours à l'avance, vous regardez quand même les prévisions météo à 14 jours. Si elles ne sont pas bonnes, vous abandonnez. Les réservations souffrent alors, c'est clair !

D'où le fait de mettre en avant la non fiabilité des prévisions sur le long terme pour en demander la suppression, ou, au moins, la non communication grand public.

Certes l'argument tient la route mais est, manifestement, lié à des intérêts économiques, peu compatibles avec l'action de scientifiques et journalistes.

Par contre, parler de réchauffement climatique plutôt que de dérèglement, ça semble passer beaucoup mieux…

05/03/2019

SCIENCES – COSMOLOGIE

La Relativité ne nous avait pas tout dit

Einstein, la Relativité, une révolution qui a marqué l'humanité et s'est imposée. Elle n'est plus guère contestée. Mais il semble qu'elle n'ait pas dévoilé tous ses secrets… !?

C'est un peu le sens de la dernière communication, en ce domaine, du « Journal International de Physique Moderne » : des conséquences « évidentes » de la Relativité qui apparaissent… Certains aspects y avaient été déjà évoqués ici.

La présence d'une masse déforme l'espace. OK. En fait, et selon l'équation d'Einstein (ou Friedmann-Lemaître) ρ (masse volumique) = $3/8\pi GT^2$, cette masse serait un « trou » (renfoncement) dans la bulle spatio-temporelle vers le rayon temps (vers le passé). Bref, là où le temps s'écoule moins vite, comme dans les trous noirs et conformément à la Relativité. La lumière suivrait les lignes géodésiques de l'espace donc donnerait l'apparence d'un ralentissement à l'approche de la masse. La lumière étant des vibrations de l'espace, en fait, des ondes gravitationnelles, elle ralentirait en présence de masse. Donc vitesse quasi nulle lors du Big Bang, qui accélère avec l'expansion universelle elle-même. Ce qui résout le problème d'une vitesse fixe alors qu'additionnée à vitesse d'expansion. Mais en fait, l'écoulement du temps serait relatif à l'observateur, donc la vitesse, le Big Bang… Etrange, non ?!

Le Big Bang ne serait qu'un énorme trou noir initial ?... Mais alors l'Univers aurait un rayon de Schwarzschild ? (pour les connaisseurs).

07/03/2019

SOCIETE – PATRIMOINE

Si facile contre des objets…

Il semble que la stratégie des groupes terroristes, quels qu'ils soient d'ailleurs, se réoriente vers la facilité.

Cela vient de se révéler via les dernières statistiques. En effet, les attentats, agressions, envers des personnes, sont en nette diminution. Bref, plus d'attentats !? Mais ce n'est pas autant que les groupes terroristes lâchent l'affaire, non. Mais, avec les dernières lois, le renforcement des contrôles, l'état d'urgence, la chose devient beaucoup plus difficile.

Alors ? Et c'est là l'autre versant de ces statistiques : le nombre d'atteintes aux lieux de cultes est en forte augmentation ! Et se veulent de plus en plus marquantes.

Ce sont les églises, pour certains, les synagogues pour d'autres, les cimetières,… Et de la plus petite église aux cathédrales.

Et là, effectivement, le contrôle est difficile. Du vandalisme à la bombe, les forces de l'ordre ne peuvent être partout, surtout qu'alors, la préparation du méfait peut s'opérer la nuit, lorsqu'il n'y a personne.

D'ailleurs, les consignes interceptées sont claires sur les réseaux cryptés : destruction des symboles religieux par tous les moyens, en évitant le martyr.

Indépendamment de cet aspect religieux, c'est notre patrimoine historique qui est détruit…

09/03/2019

SOCIETE – MEDIA

La meilleure fake news

On reprochait aux réseaux sociaux de véhiculer de fausses informations, et ce, sans contrôle…

Cela vient de donner l'idée, à Facebook, d'un grand concours : la meilleure fake news !!!

L'occasion : le 1er avril prochain ! Poisson d'Avril…

Alors de quoi s'agit-il ?

En fait, 3 catégories à ce concours :

- La meilleure fake news passée : parmi toutes celles qui ont circulé sur Facebook, quelle est celle qui a le mieux marché, qui a eu le plus de partages, commentaires,… Bref, qui a fait le buzz,
- La meilleure fake news du moment : là, à chacun de proposer d'une part, de voter d'autre part… et donc pour le 1er avril, évidemment,
- Enfin – et c'est souvent lié – le meilleur photomontage : il doit être trompeur…

Non, la récompense n'est pas un abonnement gratuit à Facebook, mais un crédit gratuit pour promotion au gagnant.

Oh, mais la page « Actualité imaginaire » a toutes ses chances, non ? Sauf que ceci EST une fake news…

12/03/2019

TECHNOLOGIE – SCIENCES

Dragons et licornes seraient préhistoriques ?

C'est une thèse présentée par la branche « paléontologie » du CNRS ! Les animaux mythologiques seraient des « souvenirs » d'animaux préhistoriques !?

Dans nombre de traditions, légendes, contes, folklores, croyances même, il est fait mention de créatures extraordinaires. Qu'il s'agisse de dragons, licornes, chimères et autres bêtes n'existant pas, par ailleurs. Et cela à travers le monde entier. Et avec une similitude frappante, quelques soient les pays.

D'un autre côté, les dragons, par exemple, ressemblent bougrement à certains reptiliens ou dinosauriens.

Et la licorne : sa corne est similaire à celle du narval…

De là à envisager qu'il ait existé, au cours de la préhistoire, des animaux étant l'incarnation de ce qui deviendrait ensuite ces êtres imaginaires, c'est ce qui est suggéré par ce qui n'est pour l'instant qu'une thèse.

Ce qu'il faudrait maintenant, c'est retrouver traces (fossiles, squelettes,…) de ces hypothétiques êtres vivants. Pour l'instant, rien, mais, qui sait… ?!

M'étonnerait quand même que les éventuels dragons étaient à même de cracher du feu, ça craint les brûlures d'estomac.

14/03/2019

SOCIETE – CULTURE

Musée d'aujourd'hui

Dénomination pour le moins paradoxale : un musée recueille normalement des éléments d'archives, du passé, un souvenir matérialisé d'une époque, ou sur un thème…

Là, cela relève plus du descriptif de notre époque, de ce que vous pouvez voir, par ailleurs, hors du musée, dans votre environnement courant.

En fait, ce nouveau musée, qui vient donc d'ouvrir ses portes à Paris est un musée expérimental, ou, plus exactement, d'une œuvre réalisée conjointement par l'Ecole du Louvre et du Centre Européen de Formation.

Le but du jeu était de créer de toutes pièces un musée sur le thème « musée d'aujourd'hui » (le nom qu'il porte dorénavant officiellement).

25 ans, les 25 dernières années (une génération), c'est la période qu'il doit représenter. La durée de vie, depuis leur naissance, des étudiants impliqués. Et ce, couvrant tous les domaines : société, politique, sciences, culture, technologie… Une salle par thème.

Mais donc vraiment à la manière d'un musée, comme s'il s'agissait une époque passée, historique.

Le résultat est bluffant, amusant, et porte à réflexion.

Je l'ai visité : j'étais amusé aujourd'hui…

16/03/2019

SCIENCES – PHYSIQUE

Onde ou corpuscule ?

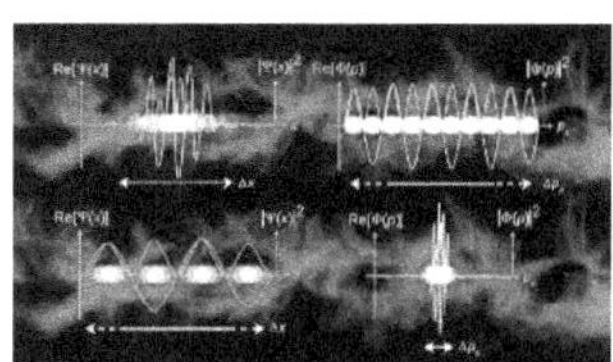

Vous avez appris, au lycée (ou pas vous-même si vous vous intéressez au domaine) la dualité qui existait pour la lumière notamment, mais aussi pour les particules élémentaires. Mettons la lumière, elle se comporte parfois comme une onde, parfois en particule. Huygens, Newton, Maxwell, Einstein, De Broglie, et surtout Planck avec la mécanique quantique, étaient passés par là… C'est pour cela que l'on parle de photons.

Mais bon, quand est-ce qu'on a affaire à une onde ou à un corpuscule ? Hein, je vous pose la question !?

Un nouvel élément de réponse semble être donné par les dernières expériences menées au CERN (Centre Européen de Recherche Nucléaire on dira), bref, avec le collisionneur de particules.

Résultats de cette nouvelle voie d'exploration : tout dépend de la vitesse ! Plus la lumière ou particule se déplace vite, plus l'aspect ondulatoire domine. Et donc, inversement, plus la vitesse est faible, plus c'est l'aspect corpusculaire qui apparaît.

En fait, lorsque V (vitesse) = 0, alors point d'onde mais particule. Et si V = c (vitesse de la lumière), alors uniquement onde et point de particule. Et, entre les deux, ça dépend donc de la vitesse. Reste à mettre ça en équations et en déduire les conséquences théoriques.

De là à dire que la matière serait de la lumière « arrêtée »…

19/03/2019

POLITIQUE – MONDE

Le Groenland, futur Eldorado

Saviez-vous que Groenland vient de Green Land, la terre verte ?

Et bien, il semblerait qu'elle le devienne dans le futur ! Réchauffement climatique oblige.

Cette immense île faisant partie de l'Amérique du Nord, appartient au Danemark et est donc un « territoire d'Outre-Mer » de l'Europe, fort peu peuplée, essentiellement sur les côtes. Immensité glacée, elle ne le sera bientôt plus.

Et il est situé sur ce qui devrait devenir un important passage entre les différents continents, stratégique… Mieux : le sous-sol serait très riche et non exploité.

Bref, il attire toutes les convoitises. Déjà, sous prétexte d'antériorité historique, la Norvège qui voit diminuer ses réserves pétrolifères, mais aussi l'Islande, voire le Canada, les USA… Et demande son indépendance !? (sous quelle influence ?...).

Mais déjà, cela attire les sociétés et même les individus. On se place. Forte immigration : les autorités locales ont du mal à contenir. D'ailleurs le veulent-elles vraiment, ou, au contraire, n'est-ce pas une aubaine pour assurer le futur développement de ce nouveau futur pays ?

Il semblerait que ce soit, pour beaucoup, un nouvel eldorado. A quand les chercheurs d'or ou de pétrole ?...

21/03/2019

SOCIETE – ECOLOGIE

Ils sont revenus !...

L'annonce du plan de protection et repopulation en avait été faite, il y a de cela maintenant 5 ans, mais était passée quasiment inaperçue. Un premier bilan vient d'avoir lieu, mais peut-être l'avez-vous remarqué…

Elles sont revenues ! Nos charmantes petites bébêtes, dans nos campagnes, nos forêts, nos plaines, nos airs, nos arbres, et même un peu en ville.

Et oui : ah, pour les loups, les ours, là, gros battage médiatique car impactant pour les éleveurs de moutons. Mais pour les oiseaux, les écureuils, les lapins,… on apprécie !

Vous les revoyez, nos moineaux, hirondelles, et autres volatiles, enfin ! Ils nous manquaient. Tout devenait de plus en plus mort, terne. La seule mobilité était celle des voitures.

La forte poussée écologique y est pour quelque chose dans cette orientation : prise de conscience…

Cela complète le tableau avec la réapparition des coquelicots et bleuets dans les champs suite à l'interdiction des désherbants, le fameux « 0 phyto » ! On se sent revivre : les anciens se souviennent du temps où…

C'est l'hymne de nos campagnes…

23/03/2019

SCIENCES – PHYSIQUE

Pour remplacer les cordes

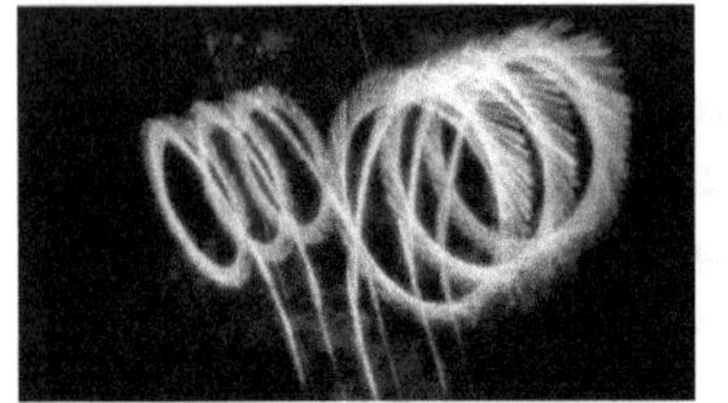

Vous avez sans doute entendu parler de la théorie des cordes (si vous vous intéressez un peu). Bizarre ce truc et quasi aussi inimaginable que la mécanique quantique !

Et bien une nouvelle interprétation semble se répandre parmi les physiciens, beaucoup plus parlante.

En fait, la matière serait constituée de lumière en rotation sur elle-même (nous l'avions déjà évoqué ici) et ce, concentrée comme un micro trou noir, avec un « horizon » au rayon de Schwarzschild, une déformation ponctuelle de l'espace-temps.

Et la lumière aurait alors tendance à la polarisation, c'est-à-dire avec un axe de rotation, et pas uniquement n'importe comment autour d'un point central. Ce qui expliquerait pourquoi une particule, quoique sphérique, tournerait sur elle-même.

On pourrait alors constater, dans certains cas, l'apparition d'un champ électrique et d'un champ magnétique stables. Par contre donc, cela créerait un champ gravitationnel, 3ème composante de la lumière, sous forme d'une onde stable aussi, d'amplitude dégressive, selon la loi de Newton, et « longueur d'onde » progressive, avec la distance.

Bref, on est loin des 11 dimensions supplémentaires de la théorie des cordes !!!

26/03/2019

SOCIETE – PATRIMOINE

Un château de Versailles en Chine

Bientôt un château de Versailles en Chine !!! Non, ce n'est pas une plaisanterie. Le projet semble sérieux et motivé.

Nous connaissions les restaurations de monuments existants, « simple » remise en état. Ou la reconstruction complète à partir de reproductions graphiques ou plans, comme le fût le château de Pierrefonds dans l'Oise, château-fort « du Moyen-Age », au XIX siècle.

Depuis, nombre de bâtisses furent construite « à la manière de », en imitation de monuments existants par ailleurs.

Mais jamais à cette échelle…

Et cette mode semble se développer. En fait, sur le principe des parcs d'attraction, avec l'aspect culturel en plus. Les merveilles étrangères à portée de main.

Tout y passe dès l'instant où on en a les moyens financiers, et, après les petits pays du Golfe, c'est au tour de la Chine.

Bon, les matériaux ne sont pas d'époque et il y aurait beaucoup de contrefaçons, imitations… Bref, reproduction, certes, mais à moindre coût.

Et oui, quand ça commence à râler lorsqu'on rachète les bijoux de famille des Etats, et bien on refait chez soi…

28/03/2019

POLITIQUE – FRANCE

Tentative d'attentat déjoué

Vous l'avez entendu aux infos : attentat important déjoué in-extremis hier.

Cette configuration était chaque fois envisagée mais par un service d'ordre léger. Lors des déplacements de personnalités politiques importantes, qui plus est lorsqu'il s'agit du Président de la République ou de membres du Gouvernement, notamment du Premier Ministre, des gardes du corps, un cordon de sécurité, sont prévus.

Mais là, la planification des terroristes était une première : créer un attentat, « classique », avec quelques victimes, de façon à ce que le Premier Ministre et le Ministre de l'Intérieur viennent sur place ensuite pour constater, et qu'alors, un véhicule piégé explose à proximité lors du passage des gouvernants. Là, c'est du vicieux…

Heureusement que les services de renseignement et de police ont fait leur œuvre. Tout s'est déroulé normalement, comme si de rien n'était. Même les Ministres ne l'ont appris qu'après coup. Si, un peu de remue-ménage sur les lieux, sortant de l'ordinaire mais qui aurait deviné que…

Le risque était grand mais il fût privilégié le fait de laisser se mettre en place afin de boucler l'ensemble des protagonistes en flagrant délit.

Mais c'est le signe qu'il n'y a pas que des attaques de « loup solitaire » : c'était une organisation élaborée par un groupe…

31/03/2019

SCIENCES – COSMOLOGIE

L'univers attire moins

Notre rubrique Physique quasi hebdomadaire : ils ont leur actualité, on se tient informé… Là, écho du dernier dossier, en ce domaine, sur Astronomy & Astrophysics, concernant l'énergie sombre.

Petit rappel : l'Univers serait en expansion accélérée alors que la gravitation devrait, au contraire, rapprocher les astres. Explication ? Une hypothétique « énergie sombre », quasi répulsive, qui atténuerait l'attraction gravitationnelle (je résume et vulgarise).

Cet article montrerait qu'en fait, c'est la gravitation elle-même qui diminuerait !? Et oui, les distances seraient les mêmes mais seraient aussi plus grandes, principe d'expansion oblige. J'expliquerai un jour…

Mais pas que (c'est en fait la même chose dit autrement) : la gravitation dépendrait de la vitesse de la lumière. Plus celle-ci irait vite, plus la gravitation s'affaiblirait. Or la vitesse de la lumière augmente avec le temps, oh, pas beaucoup, mais quand même. Aujourd'hui, c'est 299792km/s, mais elle était quasi nulle au Big-Bang. La gravitation, elle, diminue donc depuis le Big-Bang.

Il ne s'agit pas d'un système de cause à effet (et oui, celui-ci dépend du temps : avant-après) mais de corrélation. La même chose vue autrement.

Déjà qu'elle diminuait avec la distance, aussi avec le temps ???

02/04/2019

TECHNOLOGIE – INFORMATIQUE

Les machines au pouvoir

Nous pouvons vous le révéler car de source sûre : l'un des rares amendements sur la Loi sur la Dépendance, qui a été validé lors de la dernière session parlementaire, a été entièrement conçu sur ordinateur.

Pas simplement tapé sur traitement de texte, ou même une synthèse « automatique » réalisée à partir de diverses éléments. On pourrait l'imaginer puisqu'il y a une certaine formulation stéréotypée que tous les textes de lois respectent, et fait normalement par du personnel administratif compétent.

Non : il s'agit bel et bien de la conception complète ! La proposition devait permettre de répondre, d'apporter solution, de manière la plus efficace possible, aux problèmes de gestion des EPAD. Et le résultat est là.

C'est la première expression d'un nouveau logiciel, basé sur l'Intelligence Artificielle, extrêmement sophistiqué quant à sa conception, qui, en gros, demande le problème à résoudre, puis diverses informations qui lui sont nécessaires, et ressort donc le texte de loi !

Et les parlementaires n'y ont vu que du feu… Ils n'en ont pas changé une virgule !

On savait qu'il arrivait parfois que des lobbies fassent ce genre de « travail », mais une machine… Ca fait froid dans le dos.

04/04/2019

SCIENCES – BIOLOGIE

Reconstituer des êtres vivants

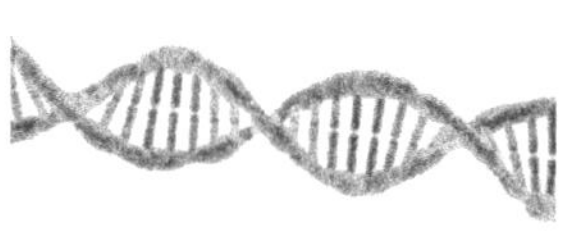

Les progrès, en biologie et génétique, vont à une vitesse folle ! C'est l'impression que l'on a lorsque l'on lit la dernière communication de l'Institut Pasteur.

Vous avez entendu parler de l'ADN : la « carte d'identité » du vivant ? Le composé ultime qui contient toutes les caractéristiques de telle ou telle espèce. Et vous avez sans doute appris que l'on commençait à détailler cette « hélice », de façon à en identifier chaque génome. Beaucoup de recherches dans ce domaine et ça progresse très vite.

Parmi les caractéristiques, il y a l'aspect général, qui fait qu'un poisson ne ressemble pas vraiment à un félin ou un oiseau… Et bien, grâce quand même au développement des capacités informatiques, un travail est mené actuellement en vue de reconstituer, en 3D sur ordinateur, l'image extérieure d'un être vivant à partir uniquement de son ADN !!!

Nous n'en sommes qu'aux prémisses, aux grandes caractéristiques : présence d'ailes, de nageoires, de pieds, de poils, les dimensions… Mais le but est d'affiner les résultats de façon à différencier de plus en plus finement. Une énorme banque de données qui se constitue peu à peu et dont l'assemblage d'éléments permettra, à terme, d'ainsi reconstituer un tigre ou un lion par exemple.

Et ainsi recréer, en virtuel, les animaux disparus… Et la lignée humaine.

06/04/2019

POLITIQUE – RUSSIE

Aide aux extrêmes-droites

La découverte récente de l'aide et le soutien, en sous-main, discret, de la Russie, à l'extrême droite néerlandaise a créé un émoi énorme en Europe.

Certes, mais il semble que cela ait éveillé la curiosité des journalistes d'investigation dans nombre de pays. Et tout cela converge.

De fait, il apparaît que la Russie soutient de la même façon tous les partis d'extrême droite, non seulement en Europe, mais à travers le monde ! Et travaille à faire que les mouvements de protestation, voire insurrectionnels, se développent. Ainsi, par réaction, se développe un sentiment d'insécurité qui alimente les mouvements sécuritaires.

Il y a le terreau nécessaire en ces temps de crise économique, il suffit de l'utiliser. Et la Russie, par diverses officines et par infiltration, y contribue largement.

Quasiment tous les partis nationalistes sont aidés, stratégiquement et même financièrement, surtout en Europe.

Outre que les dictatures, ou assimilés, sont des interlocuteurs valables pour la Russie, cela affaiblit la cohésion européenne et donc laisse les mains libres à la Russie pour l'Ukraine notamment.

Cela donne à réfléchir…

09/04/2019

SOCIETE – CONSOMMATION

Le boum des pépiniéristes

Dernières statistiques : baisse de la consommation des ménages en fruits et légumes. Cela paraît étonnant, à première vue, puisqu'il est seriné de manger 5 fruits et légumes par jour…

Et bien non : sur cette vaste enquête du CREDOC, il apparaît que les pépiniéristes ont le vent en poupe !? Et alors, me direz-vous ?

C'est qu'une étude plus poussée montre qu'en fait, les ménages ont de plus en plus tendance à cultiver leurs propres fruits et légumes…

Alors, certes, il y a aussi développement des circuits courts : ventes directes producteurs / consommateurs, à la ferme, ou livrées, ou via une association type LAMAP, mais beaucoup cultivent leur jardin, voire en pots sur leur balcon ou en jardins familiaux.

C'est dans l'air du temps, à la mode, et souvent traité dans les médias.

Mais il y a aussi des raisons économiques : cela revient moins cher… car fruits et légumes sont chers dans le commerce.

Alors les pépiniéristes se frottent les mains ainsi que les sites dédiés ou les libraires spécialisés, au détriment des grandes surfaces où les fruits et légumes sont beaux mais n'ont aucun goût…

Que ceux qui ne le font pas encore en prennent de la graine…

11/04/2019

SCIENCES – MEDECINE

Une vapoteuse médicinale

Une nouvelle pratique se met en place en Israël : l'usage thérapeutique de la cigarette électronique !

Non, non, ce n'est pas pour arrêter de fumer. Mais bel et bien pour soigner.

Explication : certaines pathologies sont caractérisées par des crises, c'est-à-dire des évènements subits, brutaux, contre lesquels il faut agir vite. Certes, il y a l'injection directe dans le sang par intraveineuses, mais alors nécessité de personnel médical à proximité, ce qui n'est pas toujours le cas.

Alors, autre possibilité : inhaler. Et l'instrument le plus efficace semble être la vapoteuse ! Mieux que le vaporisateur, l'inhalateur.

Cela s'est d'abord inscrit dans l'utilisation du cannabis comme analgésique, domaine où Israël a pris de l'avance. Et l'inhalation apparaissait comme le traitement où la réactivité était la plus rapide. Effets antalgique et stabilisateur (pour le cannabis).

La méthode a été ensuite étendue à d'autres types de traitements, avec succès.

Ce n'est pas toujours applicable, notamment pour les enfants ou les personnes réfractaires à l'instrument, ou à la cigarette.

Les trafiquants et utilisateurs de drogues connaissaient déjà la pratique depuis quelques temps…

13/04/2019

SOCIETE – CONSOMMATION

Les planètes nous éclairent enfin !

Non, non, point d'astronomie aujourd'hui (mais vous n'y échapperez pas bientôt). Il s'agit d'un objet du quotidien impossible à trouver jusqu'à présent.

Cherchez donc une lampe d'appoint qui représente une planète de notre système solaire… Ah vous trouverez un globe terrestre sans problème. En cherchant un peu, il y aura des globes lunaires voire même de Mars et, encore plus rarement, de Vénus ! Et, outre celui de la voûte céleste, rien !!!!!

Bref, rien pour Mercure, Jupiter (pourtant la plus grosse planète), Saturne, Uranus, Neptune.

L'erreur vient d'être enfin réparée grâce à une nouvelle start-up, « Clair de lune ». Et donc dorénavant en vente sur le site de « La maison du Globe ». Il vous en coûtera entre 100 et 400€. Et oui, plus compliqué pour les anneaux de Saturne.

Et même qu'un planétaire est à l'étude…

Evidemment, me direz-vous, ce genre d'articles risque de ne concerner qu'un nombre réduit d'acheteurs. Pas évident : cela est original, fait rêver, et est prisé par beaucoup d'enfants.

Bon, d'ici que les trous noirs soient concernés, il y a de la marge, surtout pour des astres qui absorbent la lumière plutôt que de la diffuser !

17/04/2019

SCIENCES – ASTROPHYSIQUE

Les forces des trous noirs

Ils sont à l'honneur, en ce moment, depuis qu'on a pu enfin en photographier un : les trous noirs !

Petit rappel : il s'agit d'un « astre » tellement massif que sa force de gravitation empêche même à la lumière de s'en échapper. Enfin, c'est ce que l'on en dit…

Bon, grâce à Stephen Hawking, on pense en savoir plus. Notamment avec l'hypothèse des « radiations d'Hawking » : il s'en échapperait quelque chose… !?

Mais il semble qu'on soit à côté de la réalité, d'après l'Institut d'Astrophysique de Paris. Le trou noir se comporterait comme un lieu où la lumière tournoierait autour d'un point central, sur ce qu'on appelle l'horizon (la surface en quelque sorte). Et, par effet d'une polarisation inévitable, le trou noir serait en rotation autour d'un axe. De là les 3 champs liés à la lumière : gravitationnel vers le centre, magnétique aux pôles, et électrique à sa surface (tangentiel). Le champ magnétique serait à l'origine du rayonnement d'Hawking !

Et en fait (déjà signalé ici), la lumière ralentirait en arrivant à sa surface au point de s'arrêter et de générer des particules.

Heureusement qu'un trou est essentiellement défini par ses bords sinon, on n'en verrait pas grand-chose !

18/04/2019

SOCIETE – SPORT

Des champions de plus en plus vieux

Vous l'avez sans doute constaté : nos champions sportifs tiennent de plus en plus longtemps.

Cela vient d'être confirmé par la Fédération Internationale du Sport Universitaire qui a mené son enquête. En fait, l'âge optimum, ou plutôt la période de vie durant laquelle les sportifs sont au sommet de leurs performances, tend à s'étendre.

Et cela est directement lié à l'espérance de vie. Comme celle-ci augmente, alors la durée sportive augmente.

Certes, il y a des variations selon les sports pratiqués : l'âge des champions n'est pas le même en gymnastique qu'au tennis par exemple. Et la durée en tête de classement n'est alors pas non plus la même. Mais tous les sports sont concernés.

L'étude s'est basée sur les âges des médaillés olympiques ainsi qu'à divers championnats internationaux. Et ce, sur les 50 dernières années. Calculs simples à faire mais très révélateurs.

Et la progression semble complètement liée à l'espérance de vie, même s'il y a quelques variations négatives d'une année à l'autre (ou de 4 ans en 4 ans pour les Jeux Olympiques).

Ils ne disent plus « place aux jeunes », nos anciens !...

20/04/2019

ECONOMIE – SOCIAL

Lutte des classes ?

Reviendrait-elle « à la mode » ? Oui et non. En fait, il s'agit d'une étude faite par l'Institut des Sciences Politiques de Lyon (Sciences Po).

Le principe en est simple : mettre en parallèle la répartition sociale dans une société, et le type de régime politique correspondant.

Résultat logique mais, là, démontré, au moins par corrélation.

Il en ressort que le développement de la démocratie est directement lié à la cohérence sociale mais, plus précisément, à la présence d'une classe moyenne importante.

Disons que plus la classe moyenne est importante et stable, plus la social-démocratie l'est.

A contrario, la faiblesse de la classe intermédiaire va de pair avec des régimes de type plus ou moins dictatoriaux, de droite ou d'extrême droite lorsqu'une classe riche se renforce, de gauche ou d'extrême gauche lorsqu'appauvrissement important.

Ces régimes totalitaires s'avèrent souvent instables et transitoires. Ils sont souvent liés à des phases de crises économiques. Alors qu'un développement économique, une prospérité, s'accompagne d'un développement de la classe moyenne.

Euh, et la démocratie grecque de l'Antiquité ?

23/04/2019

SCIENCES – PHYSIQUE

Plus de matière que d'antimatière

C'était, jusqu'à présent, un grand sujet d'interrogation : pourquoi y a-t-il, dans l'univers, plus de matière que d'antimatière ?

Je rappelle le principe : la matière serait créée à partir de la lumière, celle-ci pourrait se « matérialiser » mais alors, à chaque création de matière serait associé l'équivalent en antimatière. Ainsi, la création d'un électron se ferait en même temps que celle d'un antiélectron ou positron, avec des caractéristiques inverses de celles de l'électron.

Et donc, par conséquent, il devrait y avoir autant d'antimatière que de matière !?... et ce n'est pas le cas. Il y a beaucoup plus de matière que d'antimatière dans l'univers. Pourquoi ???

Une explication vient d'être suggérée par le CERN. Elle serait liée aux trous noirs.

La lumière, à l'approche d'un trou noir, ralentirait jusqu'à une vitesse nulle, simple conséquence de la Relativité (ralentissement du temps) et donc créerait une paire particule / antiparticule.

Et, là, hypothèse nouvelle, l'antiparticule serait absorbée par le trou noir alors que la particule serait éjectée dans l'univers. Le phénomène se produisant au niveau de la surface du trou noir (l'horizon).

Mais pourquoi les trous noirs absorbent l'antimatière et rejettent la matière ?... Mystère, encore pour l'instant !

25/04/2019

TECHNOLOGIE – MULTIMEDIA

Les box collectives

On voyait ça dans certains pays pauvres : des arrangements entre voisins où celui qui avait une connexion Internet, en permettait le partage via wifi.

On a ça aussi sur certains lieux privés à usage public tels qu'hôtels-restaurants, lieux de loisirs, magasins, voire même campings.

Et bien, ça y est, une super-box collective est commercialisée par Free ! Et elle tient la route !! L'option est, pour l'instant, liée à une alimentation par fibre optique et diffusion, soit en filaire (RJ45) soit Wifi.

Chaque connexion est sécurisée (oui, oui, vous pourrez vous connecter en toute sécurité à votre banque).

Mieux : possibilité d'un système de liaisons directes entre tous les adhérents communs à une super-box sans passer par Internet.

Et donc vous ne payez qu'un seul abonnement, collectif, un peu plus cher, certes, mais nettement moins qu'un abonnement individuel, une fois partagé entre tous les bénéficiaires, cela entrant dans les charges.

Et ça intéresse évidemment les immeubles mais aussi les résidences, quartiers…

Au point qu'apparaissent de plus en plus de mini réseaux sociaux limités donc au quartier, à l'immeuble, à la résidence…

27/04/2019

SOCIETE – CULTURE

Des tags projetés sur les murs

Expérience menée par la SNCF : la projection de tags sur les murs et autres supports.

Ce n'est pas innocent ou pour favoriser l'expression picturale, ne soyons pas naïfs ! En fait, la SNCF est à la recherche d'un moyen pour éviter ces « décorations », parfois très artistiques, parfois plutôt dégradantes, qui longent les voies de chemins de fer.

Et donc, dernière trouvaille, dernier essai, des murs, ou plutôt des écrans, où la libre expression est laissée aux artistes en herbe.

Et les bombes de peintures y sont remplacées par des bombes « numériques », qui projettent des couleurs virtuelles sur ces supports.

Les réalisations, donc couleurs numériques, sont récupérées et transmises à de mini projecteurs réparties un peu partout le long des voies. Ceux-ci les projettent alors sur les murs. Effets garantis !

Résultat à s'y méprendre…

Et les œuvres restent ainsi, ou sont déplacées d'un mur à l'autre, durant un mois.

Le street Art (l'Art de rue) à l'ère du numérique…

Mais cette façon de faire à quand même du mal à passer : le plaisir du sauvage, de braver l'interdiction, n'y est plus…

30/04/2019

SCIENCES – PHYSIQUE

Du nouveau sur la rotation

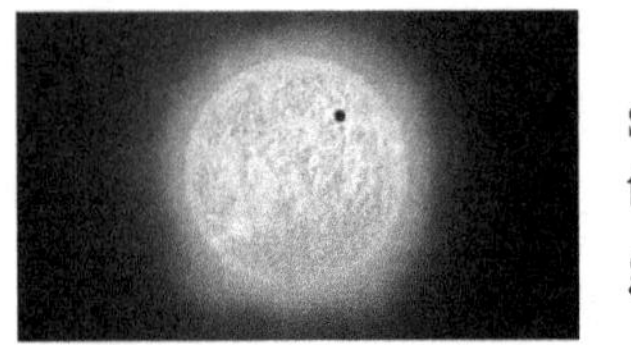

Vous avez sans doute remarqué (ou pas, si vous avez d'autres priorités) que quasiment tout tourne dans notre univers : planètes, galaxies,… mais parfois pas !?

Jusqu'à présent, on pensait que ça devait probablement influer sur la rotation, dans le même sens, des objets avoisinants : exemple, le soleil et ses planètes, et sur un aplatissement de l'astre en rotation par force centrifuge.

Sauf que l'influence est tout autre. En fait, et selon le Laboratoire de Physique Théorique de l'Ecole Normale Supérieure, cela conditionnerait l'attraction gravitationnelle !

Comment ça ? Normalement, la force de gravitation devrait suivre l'équation de Newton, voire matée de Relativité. Mais ceci ne serait vrai que pour un objet sans rotation intrinsèque.

En cas de rotation sur lui-même, le champ de gravitation serait dégressif, certes, mais avec une amplitude sinusoïdale dont la longueur d'onde augmenterait avec la distance.

Cela rejoint d'autres hypothèses sur la répartition discrète des planétaire, que nous avions déjà abordées… et sur d'autres hypothèses que nous aborderons bientôt.

On n'est pas loin de la notion de spin, vous savez, cette caractéristique des particules équivalente à une rotation…

02/05/2019

SOCIETE – PHILOSOPHIE

Au-delà d'Arthur Koestler

C'est le titre du dernier livre de Michel Laval.

Cet avocat essayiste était déjà l'auteur de plusieurs écrits sur Arthur Koestler et faisait référence par sa biographie notamment « l'homme sans concession – Arthur Koestler et son siècle ».

Mais là, il va plus loin. Son ouvrage tient plus de la philosophie et est plus personnel.

Pour lui, et pas que dans le domaine politique, tout varie entre extrêmes instables et équilibre médian. Mais cet équilibre posé, n'est pas totalement stable car soumis à des perturbations. Et, surtout, il se « souvient » de l'extrême dont il est la suite, pour aller vers l'extrême opposé. Un peu comme une balance.

D'ailleurs, si l'application fût développée par Arthur Koestler (« le yogi et le commissaire », et autres ouvrages) pour ce qui est de la politique et la société en général, il montre qu'il en est de même en physique (phénomènes ondulatoires et périodiques), en religion, en philosophie, et dans quasiment tout domaine.

Bref, tout n'est que suite de situations extrêmes, stables, extrêmes opposées, stables… La stabilité constante n'étant que synonyme de la mort et empêchant l'évolution.

L'abus de zone de confort nuit à la santé ?...

04/05/2019

SOCIETE – SOCIAL

Un Service parental ?

C'est le dernier Projet de Loi prêt à être soumis à l'Assemblée Nationale, par Jacques Durant, député centriste.

Et, ma foi, original, novateur, et pas si dénué d'intérêt que ça…

Il y avait, jadis, le Service National, le bon vieux service militaire, qui n'est plus. Remplacé par le Service Civil, ouvert à tous, jeunes hommes et jeunes femmes. Je ne vais pas en réexpliquer les principes, vous les connaissez.

Le peut-être futur « Service Parental », lui, s'adresse plutôt aux couples, ou même aux jeunes individus qui se mettront en couple un jour ou l'autre,… et qui auront des enfants.

Et le but est de leur apprendre à être parents. Non pas comment on fait des enfants : ça, en général, ils savent. Mais à savoir les éduquer et suivre leur développement.

Un des buts est, il ne faut pas se le cacher, de bien les préparer déjà pour l'école. Que celle-ci puisse se consacrer pleinement à l'instruction, laissant alors aux parents l'éducation. Vaste programme !

Mais on y parie aussi sur le futur bon comportement, la politesse, la solidarité, bref certaines valeurs morales.

Cela devrait aussi aider les familles monoparentales, c'est clair !

07/05/2019

SCIENCES – PHYSIQUE

Le 5ème état de la matière

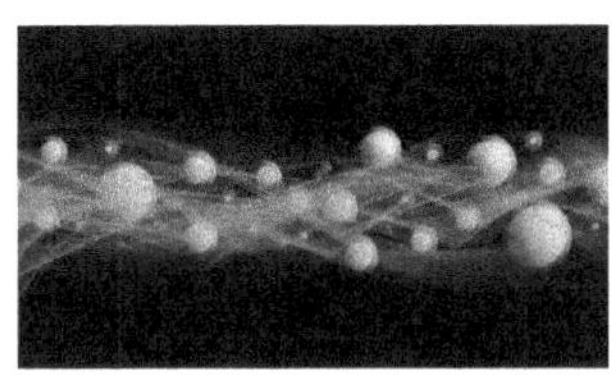

Nous avions déjà évoqué ici le 3ème état de la lumière mais là, rien à voir. Quoique…

Vous connaissez les 4 autres états : solide, liquide, gazeux. On y ajoute le plasma, soupe ionisée à haute température, pour résumer.

Ce 5ème état serait, justement,… la lumière !

C'est la conclusion à laquelle serait arrivée une équipe de l'Institut Lumière Matière de l'Université de Lyon 1.

Expliquons : dans l'hypothèse de ce groupe de travail, il est constaté que plus la lumière ralentit, plus apparaît l'aspect corpusculaire. La lumière se déforme et une masse s'y localise en fonction de la vitesse : plus la vitesse est faible, plus la position de la masse, donc de la matière, est précise. On retrouve là quelque chose rappelant les préceptes de la mécanique quantique et le fameux principe d'incertitude d'Heisenberg.

A très faible vitesse, elle répond alors aux critères de la gravité seule. Le champ gravitationnel de la lumière devient prééminent. La lumière étant donc un 5ème état de la matière.

Mieux : si la masse tourne sur elle-même, alors la vitesse de rotation ré-engendre des ondes stables de gravitation. Nous en avions déjà parlé…

Si $E = Mc^2$ donc plus c est faible, plus M est important ?...

09/05/2019

SOCIETE – FRANCE

Le village le plus heureux

Vous connaissiez « le plus beau village de France », puis, plus récemment, « le plus beau marché de France ». Et bien vous allez très prochainement découvrir « le village le plus heureux » !

Et oui, c'est le thème de la nouvelle émission de Stéphane Berne, sur France 2. Découvrir le village le plus heureux de France. Beau programme !

Nous vous en dévoilons les dessous.

En fait, une enquête préalable a été lancée afin d'établir la liste des critères qui font qu'un habitant se sente bien dans sa commune (et, inversement, ce qu'il reproche, regrette, ce qui lui manque).

Un appel à concours a ensuite été lancé auprès des municipalités, précisant justement ces critères de sélection, tableau à remplir pour toute candidature.

L'équipe de l'émission a ensuite sélectionné les 10 premiers villages qui vous seront présentés.

Lors de l'émission, les habitants de chaque village défendront leur lieu et pas uniquement sur le patrimoine, mais sur la qualité de vie, les services, le climat, l'environnement, les rapports entre les habitants.

A vous de voter et que les plus heureux gagnent !

11/05/2019

ECONOMIE – COMMERCE

Lois de délocalisation

Dans le climat économique mondial actuel, c'est la réponse du nouveau Gouvernement : un ensemble de lois gérant ce qui concerne le commerce extérieur. Cela s'entend hors Europe, évidemment.

Pour résumer, en voici les principaux axes :

- Equilibre constant de la balance du commerce extérieur, non seulement au niveau mondial, mais envers chaque pays : on importe pour la même somme que l'on y exporte.
- La délocalisation d'entreprises ne peut se faire qu'avec accord de l'Etat. La priorité sera donnée aux pays francophones africains et ne pourra concerner que des domaines de basses technologies hors luxe.
- Lors de ventes, le transfert de technologie ne pourra intervenir qu'après un certain nombre d'années d'exploitation (un peu à la manière des films ou produits pharmaceutiques).
- Les productions locales, circuits courts seront favorisés, voire protégés.
- L'accent sera mis sur la production locale de produits de luxe ou de haute technologie, pour l'exportation.
- Enfin les revenus, même indirects (publicités), des grands groupes étrangers agissant en France, seront soumis à TVA (les GAFA)…

Il faut s'attendre à des réactions de certains pays et même au niveau de l'Organisation Mondiale du Commerce…

14/05/2019

SCIENCES – ASTRONOMIE

Insight et le magnétisme de Mars

Mars, planète proche, est sujette à nombre de recherches, d'explorations. La dernière en date, la mission Insight, a pour but d'explorer le sous-sol martien, mais pas que…

Un mystère réside en son champ magnétique, apparemment un peu spécial, pas comme notre Terre. Déjà nettement plus faible, les premiers résultats semblent poser interrogations !?

Pour l'instant, on envisageait le champ magnétique comme un effet dynamo dû à la rotation de fer liquide au centre de l'astre. L'hypothèse nouvelle, suite aux constatations sur Mars, serait qu'il serait très dépendant, non pas de l'intérieur, mais de l'extérieur, mieux, des satellites qui tourneraient autour ! Pour Mars, les 2 petits satellites Phobos et Déimos.

D'où, d'ailleurs, le fort champ magnétique terrestre lié à la Lune, nettement plus volumineuse, les champs magnétiques des géantes gazeuses Jupiter, Saturne, Uranus et Neptune.

Alors que point de magnétisme pour Vénus (car point de satellite).

Et cela rejoint le cas du Soleil et, en conséquence, des cycles de tâches solaires, suivant les périodes de révolutions des planètes autour. Nous en avions déjà parlé ici, il y a fort longtemps.

Bon, ce n'est pas aussi simple que ça : d'autres facteurs entrent évidemment en ligne de compte et on n'a pas d'explication à cette cause.

16/05/2019

ECONOMIE – DISTRIBUTION

Amazon assure sa propre distribution

Maintenant, tout le monde connaît Amazon qui est devenu le premier distributeur au monde. Même notre structure d'hypermarchés, des années 70, en subit de plein fouet la concurrence.

C'est de la vente par correspondance. Alors, il faut livrer.

Nous avons vu surgir partout de grands entrepôts de stockage qui permettent d'être plus près des clients mais ce n'est pas assez.

Jusqu'à présent, Amazon passait par des services de livraisons externes. Ce ne sera dorénavant plus le cas.

En effet, l'entreprise veut absolument acquérir l'autonomie dans le processus de livraison. Elle explore et déploie toutes les pistes, que ce soit par drones, robots livreurs,…

Pour l'instant, cela se fait en régie : c'est Amazon elle-même qui assure.

Cependant, un fait nouveau semble marquer une nouvelle orientation : le rachat de sociétés spécialisées.

Et on vient d'y assister avec celui d'UPS, rien que ça ! Elle envisageait TNT mais rachetée par Fedex, son concurrent !

Cela semble un investissement plus immédiatement profitable que d'envoyer des navettes dans l'espace, comme d'autres font…

18/05/2019

SOCIETE – ANTHROPOLOGIE

Un homme et une femme

Enfin une étude complète sur la comparaison homme – femme !

Ah il y en a eu, des recherches et thèses sur le sujet, mais celle-ci semble relativement complète.

Elle regroupe en fait, et synthétise, toutes ces études précédemment faites. Sans oublier, bien sûr, les idées reçues, les clichés, les aprioris…

C'est l'EHESS Paris (CNRS) qui nous délivre ce pavé.

Certes quelque peu rébarbatif souvent, on y trouve certaines caractéristiques singulières voire amusantes.

Un exemple ? Pour la nourriture, les hommes préfèrent les féculents (pâtes, pommes de terre,…) et la viande alors que les femmes apprécient plutôt les légumes, le poisson, les fruits rouges.

Et des corrélations y sont établies entre différentes caractéristiques de domaines différents. Ainsi, dans l'exemple précédent, c'est mis en parallèle avec les préoccupations corporelles : la force, l'énergie pour l'homme, le régime amincissant pour la femme. Et aussi l'espérance de vie, plus longue – car meilleure alimentation – pour la gente féminine (et moins de risques cardiaques, du coup).

Serait-ce une forme de racisme ???

21/05/2019

SCIENCES – ASTROPHYSIQUE

Le magnétisme explique les galaxies spirales

Dans la revue « Sciences », un article à signaler car intéressant. Il donne une nouvelle interprétation à la forme des galaxies, notamment spirale (vous savez, ces superbes objets de l'espace).

Alors quoi de neuf ? En fait, l'auteur propose d'attribuer – disons, plus justement d'associer – cette forme avec un centre et 2 bras qui s'enroulent autour, au champ magnétique émis par le centre.

En effet, le centre d'une galaxie semble émettre un fort champ magnétique qui, plutôt que de rayonner radialement, subit une inclinaison liée à la rotation de la galaxie, d'où un effet spirale, fort semblable à la répartition des étoiles qui la constituent.

De là à en déduire qu'il existe corrélation entre les deux : champ magnétique et répartition stellaire, l'auteur saute allègrement le pas.

Et il va plus loin : ce champ magnétique serait aussi lié à la répartition des planètes dans un système solaire. On en revient à une hypothèse déjà évoquée ici : la répartition planétaire ne serait pas due au hasard mais bien selon une progression mathématique (en gros, R_{n-1} x 1,72) et dont l'explication proposée il y a peu était que le champ de gravitation n'était pas dégressif constamment mais sinusoïdalement.

Pour l'instant, simple constatation, aucune interprétation théorique proposée…

23/05/2019

SOCIETE – MEDIAS

Comme les radios libres d'antan

Peut-être vous souvenez-vous du temps de la légalisation des radios libres ? C'était en 1981. Un gros boum dans la bande FM…

Mais, depuis, il y a eu Internet !

D'abord, les chaînes (radios, télévisions) sont devenues de plus en plus numériques. Puis sont apparues les premières chaînes de radios et télévisions spécifiquement Internet.

Les progrès et adaptations technologiques ont fait que les récepteurs se sont adaptés (voir articles précédents). D'abord les fameuses « box Internet » familiales permettant de recevoir beaucoup de chaînes passées au numérique, puis les postes de radio Internet, les téléviseurs recevant Internet…

Et un nouveau boom en terme de création de nouvelles stations de radios et télévisions, cette fois-ci, Internet !

Locales, thématiques, « pirates »… tout y est !

L'avantage est que point besoin de demander l'attribution d'une fréquence d'émission au CSA, point de contraintes de diffusion.

Et elles ont un franc succès, commençant à concurrencer sérieusement les grandes chaînes établies.

Ici Radio Facebook : les facebookiens parlent aux facebookiens…

25/05/2019

POLITIQUE – ELECTIONS

Moins de candidatures

Ca y est, elle est en route, la fameuse réforme du Code Electoral !!! Il était temps ! Normalement, on ne devrait plus avoir pléthore de candidatures. Comment ? Simplement en jouant sur l'aspect financier.

Le principe est toujours le même : pas de remboursements de frais de campagne si moins de 5% au résultat. Par contre, il y aurait désormais obligation de fournir les affiches électorales (1 par panneau et d'assurer leur pose) et les bulletins de votes en mairie (pour les bureaux de votes) à raison d'un par électeur. Plus question de demander l'impression sur site Internet par l'électeur.

Par préoccupation écologique, il ne sera plus nécessaire d'envoyer le bulletin de vote à chaque électeur, chez lui. Bonne chose !

Bref, le candidat (ou la liste) ou son parti devra financer lui-même ce matériel de campagne obligatoire, et prendre le risque de ne pas en être remboursé s'il obtient moins des 5%. Cela va en faire réfléchir plus d'un !

Et cela arrangera bien les affaires des communes, notamment les toutes petites, pour une fourniture de panneaux électoraux qui, souvent, ne sont même pas utilisés

Un système de prêt bancaire, par la Caisse des Dépôts & Consignation, pourra permettre l'avance de ce financement, mais avec les garanties et précautions prises par les banques habituellement.

Bref, je ne serai jamais Président…

28/05/2019

SCIENCES – PHYSIQUE

Un doctorat à 65 ans

De plus en plus courant dans différents domaines maintenant : les vocations ou exploits « tardifs ». C'est donc, là, le cas pour un étudiant américain de l'Université de Berkeley, l'une des plus réputées en Physique, qui passe donc son doctorat à… 65 ans !

Et sa thèse tient la route, au point de faire son effet dans le milieu scientifique.

Ca vaut donc un petit détour pour vous la présenter. Rassurez-vous, pas dans le détail, trop pointu pour le commun des mortels.

Vous avez dû apprendre, au lycée, qu'un courant électrique crée un champ magnétique, bref, un déplacement d'électrons, un champ électrique en mouvement est à l'origine du champ magnétique, notamment si le courant électrique est circulaire.

Vous avez aussi appris qu'une masse en mouvement circulaire crée une force centrifuge

Enfin, avez-vous peut-être remarqué la similitude entre l'équation de la force créée par entre 2 charges électriques et celle créée par 2 masses ?

Et bien la thèse fait un rapprochement plus précis entre champ électrique / magnétique et champ gravitationnel / centrifuge. Au point d'y intégrer la Relativité Restreinte d'Einstein. Trop fort, le vieux !

30/05/2019

ECONOMIE – IMPOTS

Ca cogite à Bercy…

Nous sommes en pleine restructuration fiscale en France. Les choses bougent. Retenue à la source, mais pas que…

En effet, il y a toujours ce problème des seuils, des tranches.

Alors Bercy y réfléchit, et nous avons quelques indiscrétions (involontaires ???).

Le principe vers lequel nous nous acheminons serait un impôt sur le revenu, progressif. C'est-à-dire que, par l'application d'une équation simple, et quel que soit notre revenu, on obtiendrait le montant de notre impôts. Finis les tranches ! Dès 1€ de revenu, on serait redevable (enfin, au 1er euro de montant d'impôt), et le % serait progressif en fonction de cette équation.

Ca aurait donc pour conséquence que quasi tout le monde paierait l'impôt et plus de tranche maximum supérieure.

Mais ça aura alors une autre conséquence, du coup : il s'établirait un plafond de revenus au-delà duquel « tout » partirait en impôts. Donc un salaire maximum net possible. Bref, on plafonne ainsi les revenus ! Finis les salaires exorbitants de certains chefs d'entreprises ou sportifs ou vedettes. Bon, des placements pourraient être exonérés afin, par exemple, d'assurer un niveau de vie équilibré pour certains carrières courtes (vedettes, sportifs,…). Déjà des niches fiscales ???

06/06/2019

SOCIETE – CULTURE

Pardon ou ignorance ?...

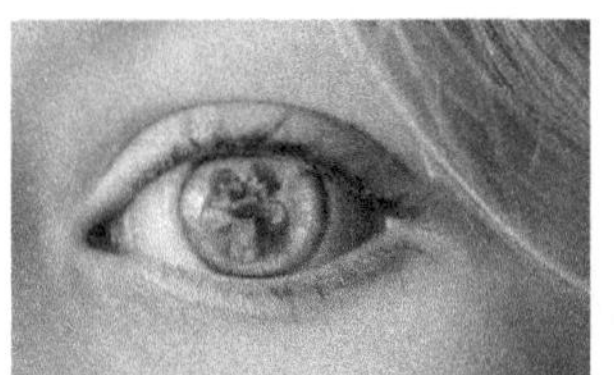

C'est le titre du dernier essai d'Olivier Abel, philosophe et professeur de faculté de théologie protestante (Paris, Montpellier).

Explication de texte : on a souvent mis en parallèle le pardon et l'oubli, disant, en général, que l'on pardonne mais qu'on n'oublie pas. Bref, du classique.

Dans cet écrit, c'est l'ignorance qui est mis en miroir. Un exemple pour illustrer : vous subissez une tromperie de la part de votre conjoint(e) ; certes vous pouvez donc pardonnez, mais sans oublier. Mais vous pouvez également, du coup, ne plus aimer. Alors, ce qui est arrivé devient peu à peu sans importance, vous relativisez, et vous finissez par ignorer ce qui s'est passé, ignorer même la personne qui est en cause avec le temps, sans plus d'agressivité, de haine…

C'est là le thème de la réflexion d'Olivier Abel. Et ce cas de figure, selon lui, serait assez répandu.

C'était un exemple mais ça peut être généralisé à toute situation. Vous pouvez ainsi perdre une amitié, un associé. Vous n'investissez plus dans cette personne, vous la voyez autrement, vous « ouvrez les yeux », elle n'a plus d'importance, il n'y a plus confiance, complicité : vous savez à qui vous avez affaire. Dans cette nouvelle vision, elle est simplement telle que vous la voyez maintenant, banale, à ne pas considérer…

Bof, pour ce que j'en ai à f…..

08/06/2019

SCIENCES – FICTION

Voyages supraluminiques

Non, ici, point d'études sérieuses sur les déplacements subluminiques (ou supraluminiques) réalisées dans tel centre de recherche. Quoique… En fait, il s'agit du dernier écrit de Science-Fiction de Poul Anderson. Mais, cette fois, ce n'est pas un roman !

Non, cela se présente comme un exposé sur l'histoire du début de l'évolution vers des engins pouvant voyager plus vite que la lumière. Classique, me direz-vous. Pas tant que ça.

Cela commence par un banal voyage en avion d'un ingénieur… qui constate qu'on se déplace plus vite dans l'air que dans la terre (évidence), comme la lumière d'ailleurs. Alors il généralise : plus la densité d'espace (ou de masse) est faible, plus la vitesse augmente pour une même énergie. Autre constatation : l'expansion de l'univers, justement là où la densité diminue et la vitesse augmente puisque s'ajoutant à l'expansion. Bref, à l'image de la Terre, le sol est le présent, le sous-sol le passé, le ciel l'avenir. Vous suivez ?

Donc, pour aller plus vite, il faut voyager dans le futur... mais réussir à revenir dans le présent. En fait, pour une même énergie, il faut diminuer la masse. Pour cela, 2 solutions : la force centrifuge par la rotation, et le champ magnétique. Le froid intervient aussi…

Et donc, contrairement aux autres solutions, point de trous de ver, point d'hyper espace, mais plutôt la soucoupe volante ?!

11/06/2019

SOCIETE – CULTURE

Une danse qui fait scandale

On parle, pour les animaux, de danses nuptiales. Et il est reconnu que nos danses ont un caractère, une sublimation, d'approche amoureuse. Bon, dans nos traditions judéo-chrétiennes, c'était très sublimé : beaucoup de pudibonderie…

Puis libération sexuelle, on se permet plus ! Et ça va jusqu'à la lambada.

Mais là, la danse de l'été fait quand même scandale et porte bien son nom : le kamasoutra ! Associée au tube qui va avec.

Et, vous l'avez sans doute déjà vu, la chorégraphie fait explicitement référence à ce livre hindou et à toutes les positions qu'il suggère.

Déjà, impossible d'en voir images à la télévision. Et nombre d'associations la condamnent. Quant à l'église, n'en parlons pas ! Même que des politiques en demandent l'interdiction. Peu de chances que ça passe car la censure est implicitement interdite.

Mieux, comme c'est ainsi condamné, le soufre de l'interdit augmente la popularité de la chose.

Bref, ça se répand comme une traînée de poudre.

Ah ça va guincher dans les campings cet été !...

13/06/2019

TECHNOLOGIE – LITERIE

Pour joindre 2 matelas

Il y a toujours des trouvailles au Concours Lépine. En voici une, toute récente et toute bête, qui a trouvé débouché par la société Dodo.

Imaginez : 2 lits d'une personne, donc avec 2 matelas 1 personne. Vous voulez avoir la possibilité d'un grand lit 2 personnes. Comment faire sans être gêné par le creux entre les 2 matelas ?

Vous pouvez troquer les 2 matelas contre un seul, double. Vous pouvez mettre un sur-matelas, voire un drap unique. Mais ce n'est pas l'idéal ou cela coûte cher. Alors, que faire ?

Et bien il existe maintenant des jointures de matelas ! En fait, une « languette », en T, à insérer entre les 2 matelas sur le dessus, de la longueur du lit, avcc 2 sanglcs faisant lc tour, dans la largcur, dcs 2 matelas joints, pour fixer aux 2 petits matelas et les maintenir côte à côte. C'est bête comme chou mais sacrément efficace !

Et donc à un prix dérisoire.

Bon nombre de commandes sont déjà en cours notamment pour les hôtels.

Et c'est réversible : fâchés, vous pouvez sans problème, faire lits à part en enlevant la jointure ! L'inventeur peut maintenant dormi sur ses deux oreilles : ses revenus sont assurés.

15/06/2019

SCIENCES – PHYSIQUE

Une soupe de chiffres

Vous souvenez-vous sans doute de cette soupe, que l'on mangeait étant petit, avec du vermicelle en forme de chiffres ? On les tirait sur le bord de l'assiette pour écrire un âge, un nombre…

Et bien, c'est un peu ce que sont en train de faire une équipe de chercheurs de Paris 10.

Enfin, pas exactement. En fait, ils combinent différentes grandeurs physiques, mathématiques : des mesures, des constantes,… et ce, par des opérations mathématiques variées mais aléatoires, disons plutôt systématiques. Les ordinateurs, de nos jours, permettent ce genre de manipulations. En respectant quand même la cohérence des mesures dans le SI : on n'obtient pas du céleri en multipliant des carottes avec des radis !

Pour voir ce que cela donne, si de nouvelles combinaisons donneraient des nombres déjà connus par ailleurs sans y être déjà associés.

La chose est même poussée sur une variante : une suite de nombres, aboutissant à un graphe et dont l'ordinateur fourni l'équation générale ! Et il semblerait que cette voie d'exploration commence à donner des résultats intéressants, en mathématique et en physique !?

Restera ensuite tout le travail d'interprétation des résultats ainsi obtenus. Mais cela constitue une petite masse de données qui s'avèrera sûrement fort utile.

18/06/2019

SOCIETE – CONSOMMATION

Des spiritueux sans alcool

Vous vous souvenez de la pub pour Canada Dry « Canada Dry est doré comme l'alcool, son nom sonne comme un nom d'alcool, mais ce n'est pas de l'alcool », déformé en « ça a la couleur de l'alcool, le goût de l'alcool, mais ce n'est pas de l'alcool ».

Vous connaissez aussi les similis champagne sans alcool…

Et bien là, un nouveau produit, toujours créé par Pepper Snapple Group, vient d'être lancé sur le marché, le Weysky. Non, ce n'est pas du Whisky, ni du whiskey.

En fait, donc, un spiritueux, un alcool fort… sans alcool !

Miracle chimique, les chercheurs de ce groupe ont réussi à reproduire les caractéristiques olfactives et gustatives de l'alcool à partir de composés (et de secrets de fabrication) dont n'a filtré qu'un élément, la capsaïcine (8-méthyl-N-vanilly-6-nonémide) qui est un composé chimique de la famille des alcaloïdes, composé actif du piment.

Il paraît même qu'il a un côté psychotrope et aphrodisiaque, cela sans créer d'addition.

Et, encore une fois, sans alcool, sans drogue, ajouté… A tester !

Bon, mettez un piment dans de l'eau, vous n'obtiendrez pas du Bourbon !...

20/06/2019

SOCIETE – HUMANITAIRE

Les pompiers enfin indemnisés

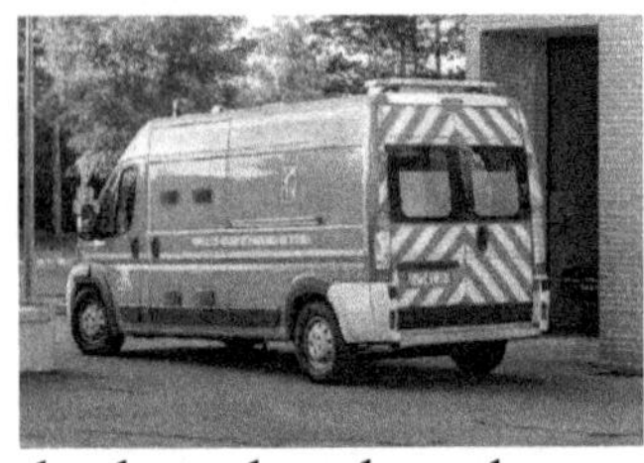

Les pompiers sont à votre service… Ce sont, en majorité, des bénévoles. Mais ils sont souvent mis à contribution injustement. Déjà, certains types d'interventions sont devenus payantes ou refusées comme la destruction de nids de guêpes. La récupération de chats dans les arbres, c'est fini !

Et on constate qu'ils sont souvent mobilisés suite à des imprudences voire des fautes, commises par des particuliers, du type ski hors-pistes…

C'est pour remédier à ces situations qu'un nouveau projet de loi a été déposé. Dorénavant, si la loi passe, toute intervention sera effectivement réalisée mais facturée. Et le montant sera, lorsque c'est possible, soumis préalablement au bénéficiaire. A charge, pour celui-ci, de régler ultérieurement la facture ou de s'adresser à son assurance pour remboursement.

Evidemment, d'une part cela risque d'augmenter les cotisations d'assurances, d'autre part, le remboursement sera dépendant de la responsabilité engagée.

Cela devrait permettre un renouvellement souhaitable des équipements.

Ce sont les collectivités locales qui apprécieront car les subventions au SDIS pourront être diminuées d'autant !

14/07/2019

SOCIETE - ECOLOGIE

Le mauvais côté du 0 phyto…

Le 0 phyto est désormais obligatoire, les pesticides sont maintenant introuvables dans le commerce. Bonne chose pour l'environnement, quoique…

Et oui, on n'en a très peu parlé, mais il s'avère que certains incendies cet été dans le Var, étaient, justement, une conséquence du 0 phyto !

Pour désherber, fini le Round-Up il ne reste que l'arrachage à la main, le bicarbonate de soude et autres désherbants naturels, ou brûler les mauvaises herbes. De nombreuses machines, désherbeurs thermiques, existent dorénavant, sur le marché pour ce faire. Et, les plus en vogue ne sont pas ceux qui utilisent l'eau chaude, car dépendants d'une alimentation en eau.

Et, après enquête, c'est bien là l'origine de certains gros incendies.

Les responsables (ils sont plusieurs, indépendamment) n'ont, en fait, pas été condamnés car circonstances atténuantes.

Cependant, cela remet en cause l'utilisation de ces brûleurs.

De nouveaux appareils sont donc, depuis, à l'étude, pour remédier à ce problème. Il faut en arriver à s'assurer qu'une fois brûlées, les lieux ne puissent être sources de départs d'incendies, surtout en cette période de réchauffement climatique.

C'est urgent : on ne peut pas dire qu'il n'y a pas le feu…

20/07/2019

SCIENCES - PHYSIQUE

Et si le Big-Bang n'existait pas… !?

Oui, je sais, vous allez dire « n'importe quoi, c'est prouvé ! », « encore un négationniste… ». Alors disons que ce serait la conséquence d'une nouvelle hypothèse d'un travail fait par une équipe de l'Université californienne de CalTech et relatée dans le magazine Nature. Et là, pour être accrocheur, je pousse le bouchon un peu loin.

En fait, la véritable hypothèse de départ serait – encore – une conséquence inattendue de la Relativité Générale, ce qu'ils appellent la « sur-relativité ».

Selon cette équipe, certes la vitesse de la lumière a été, est et sera toujours constante. Elle marque le rapport entre l'espace et le temps. Mais pour un observateur au présent. C'est-à-dire = c il y a 1 milliard d'années (on fait comme s'il y était présent), ou d'aujourd'hui, ou dans 1 milliard d'année dans le futur.

Mais, et c'est là toute la différence, l'observation présente de la lumière d'il y a 1 milliard d'années ferait qu'elle nous apparaîtrait comme ayant une vitesse moins grande (et donc plus grande pour le futur).

Ce serait un peu comme 2 droites parallèles dont la séparation est de 1m, et toujours de 1m au loin, mais qu'on observe comme si elles se rejoignaient au loin, le fameux point de fuite.

Bref, vu de chez nous, l'espace-temps se concentre dans le passé, le fameux Big-Bang, et est en expansion. CQFD !

22/07/2019

LES BREVES...

DROITS & CREDITS

Toutes les illustrations sont libres de droits et, pour la plupart, tirées du site https://pixabay.com/fr/photos/

Les sites de référence des brèves sont :

- http://actualite-imaginaire.over-blog.com/

- https://www.facebook.com/Actualite.Imaginaire/

Sur le site, les traductions en anglais sont faites par Google Translate : https://translate.google.fr/?hl=fr#fr/en/ et donc approximatives.

L'auteur : RENE JUSVEL Rene.jusvel@free.fr - rene.jusvel@gmail.com https://www.facebook.com/rene.jusvel

Dépôt légal : novembre 2019

www.ingramcontent.com/pod-product-compliance
Lightning Source LLC
LaVergne TN
LVHW021940220826
846092LV00010B/1190
9782956664826